【诗词里的草木风华】

《诗经》植物记

颜如舜华

◎冯娜……著
◎南榖小莲……绘

江西美術出版社
全国百佳出版单位

草木有本心／自序

2013年夏末，我的祖母过世，落葬于松柏茂密的滇西北山间。当参加葬礼的人群散尽，空旷的山间便只剩下新砌的坟茔和环抱着它的茂密草木。雨季的草木有一股“占山为王”的骄蛮之气，晚风吹进苍郁的松林，松树枝丫相互拍打，形成一条在空中盘旋、涛声绵密的河流。我踩着没过小腿的草山走，抬头看看高处那些松枝长出的结团的松花，突然感到被这些无声的植物安慰着，仿佛我们彼此倾听，却无须诉说。

院子里的柿子树也挂满了青涩的果实，祖母生前常常坐在一片树底下的阴凉里。没来由地想起归有光在《项脊轩志》里所写的：“庭有枇杷树，吾妻死之年所手植也，今已亭亭如盖矣。”这种由植物沉默寄放的哀思，读来尤为痛切，感人至深。的确，这些时候，植物像是我们近旁的一个亲人，它在风中向你颔首，在阳光下替你遮阴，在时光中为你转述那些消逝和长驻。

人类与植物的牵连像是另一种意义上的“血亲”，回溯到我们的祖先那里，无论是“参差荇菜，左右流之”还是“离离原上草，一岁一枯荣”；无论是灞桥的折柳相赠，还是屈原关于香草美人的譬喻；无论是重阳登高茱萸遍插的怀思，还是宋时女子争化梅花妆的风尚……植物都被赋予了人的情思和魂灵，“有血有肉”地生长在人们的生活中。

植物更多地以具体的“面目”出现在人们的日常生活里，高山峡谷、广阔田野、小区绿地、菜市场的摊位上……有些被我们熟知，像家里的老邻居；有些辨不出名字，像那些萍水相逢的陌生人。它们在属于自己的地界上生根、长叶、开花、结子，我们亦可以通过它们的“相貌”和“脾性”理解我们共同生存的这颗星球一星半点的“身世”。比如，只有在几乎全年皆夏的热带才会盛产橡胶、可可等作物。反过来，在蕨类植物化石上我们可以推测在远古时期该地曾是热带多雨的气候，且生长有高大的松石类植物。

每一种植物都像一个活生生的人，无论他们有多么不起眼，都怀揣着各自成长的故事和秘密。英国桂冠诗人阿尔弗雷德·丁尼生曾说：“当你从头到尾弄懂了一朵小花，你就读懂了上帝和人。”这与东方禅意的“一花一世界，一木一浮生”有着异曲同工的意涵。

离开老家时我陪父亲重新去买了一棵桂花树，从前那棵死于春天的施肥过度。父亲刨出了干枯的根茎，将新买的树连泥土一起深深埋入花缸，树枝上的一些花瓣被弹落下来，细米粒一般，发出沁人心脾的香气。人事有代谢，往来成古今。人事如此，植物如此，我们共同经历着时间的淬洗，然后完成各自的命途和轮回。

回到广州，阳台上的芦荟和屋子里的绿萝依旧葱茏。一个多月的焦渴并未使它们委顿，植物的默然坚忍让人感慨。我感到，我应该写下它们，虽然草木有本心，经由我们描摹的植物“小传”，并不能让它们的花期延长一天，也不能让它们的枝叶更加繁盛，但，它们在这里，和我们在一起。

目录

Contents

荏苒留香 001

北方之杨 004

采贝母兮思故国 007

采兰而佩 010

四叶草的前世今生 012

苍耳绵绵 015

苌楚之祛魅 017

歌者的芣苢 019

椿树椿树奈若何 021

贻我来牟 023

栝楼点灯 026

冬葵的时令 029

首如飞蓬 031

首阳可采苓 033

枸杞的前世今生 035

东门之椒 038

静静的白桦林 041

日食下的灰菜 044

视尔如荍 047

山有荆 049

韭菜之味 051

山有蕨薇，吃还是不吃 053

凯风自南 056

苦槠的诗 058

终朝有蓝 060

丘中有李 063

蒹葭苍苍 066

吃萝卜，不长怨妇 069

落梅如解意 071

蔓菁 074
蔓菁无用 076
菅草白华 078
木瓜之礼 081
墙有茨 084
楸树离离 086
如胶似漆 088
古有莎草 091
年年知为谁生 093

诗经如新，荇菜如故 096
蓍草之卜 099
食野之蒿 101
世上哪有葛缠树 104
北山有楰 106
芹之云梦 109
舜华且美 111
山有乔松 114
美哉，少年 116

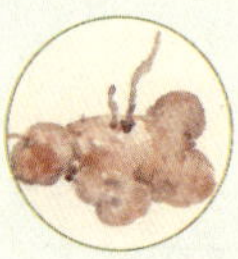

桃，人间芳菲色 119
共生 122
牡蒿的苦辛 125
忘忧草 127
旋花其野 129
异乡人的小米 131
但见游龙 133
桑榆之晚 135
郁金美酒 137
桧楫松舟 139
四月远志 141
藻密行舟涩 144
柞木葳蕤 146
柘树的寺 148
山有榛 150

荏苒留香

也许正是这样的绵延相续，像时光一样『荏苒』不歇吧。于是，我们得以一边吃着苏子叶，一边感叹着光阴虽仓促，又处处留香。

伴随着大范围的雨雪天气，一年之中最冷的时候到来了，连身居岭南的人都一边瑟瑟发抖一边纷纷议论应该实行冬季供暖。年关也近，大家开玩笑说，街边花市的花都已冻傻，含苞而不放了。年年岁岁花相似，却又该新桃换旧符了。今人多感叹时光荏苒，殊不知“荏苒”二字既可形容时光倏忽消逝，也可描述植物柔弱的样子。在早前，“荏苒”还特指一种植物——白苏，也就是我们通常食用的苏子。

“荏染柔木，君子树之”（《诗经·小雅·巧言》），“荏染”，就是“荏苒”，柔弱的草木。这种一年生的草本植物，长着有锯齿的椭圆形叶片，茎秆是空心的方形。叶子可以直接生吃，散发出清香的气味。它的种子通称为“苏子”，也叫作“白苏”，像芝麻粒那么细小的浑圆颗粒，可以用来榨油。

《巧言》是一首讽喻诗，痛斥了谗言惑乱的小人，也表达了作者对周王为谗言所惑的激愤。“乱之初生，僭始既涵；乱之又生，君子信谗。君子如怒，乱庶遄沮；君子如祉，乱庶遄已”，周王一而再再而三地相信谗

言，导致了祸乱，实在是让人痛心不已。“荏染柔木”好比白苏和佳木，它们才是具有君子之德的贤能象征。在古代，白苏是良草，不仅因枝叶芬芳可食，更是因为它们需要“君子树之”。正直的良臣和亲信，需要君子自己栽培和倚重，不能只被口蜜腹剑之人迷惑和利用。

说起白苏的栽培，倒是令我想起了小时候农人会在田埂地角撒下苏子种子。差不多齐腰深的白苏长得很整齐，夏天开出碎米粒一样的白色小花，晚风中经过都会闻到一股清新的香气。要是摘下几片白苏叶，那香味就会长久地弥散在空气中。待到秋后，田里的庄稼被收割完毕，苏子就剩下干枯的茎秆和成熟的果实。人们砍下它的整棵植株，晾晒后轻轻一磕，圆圆的小粒苏子就会掉落出来。在我老家，人们会把苏子炒熟，镶在糖糕上，一口咬下去，干脆可口，香得不得了。而苏子叶的吃法就更多了，摘下来炒田螺、吃鱼生海鲜或者腌成咸菜。

在追述周始祖后稷丰功伟绩的《诗经·大雅·生民》中，“荏”也出现过，“蓺之荏菽，荏菽旆旆”，后来有人简单地把“荏菽”解释为大豆，认为是描写大豆茁壮茂密的样子，但我觉得这里的“荏”和“菽”，是分别指苏子和大豆，苏子也是一种古老的植物，也拥有悠久的栽培史。它对土壤的要求不高，在温带可以广泛种植。在苏子生长过的地方，由于籽实成熟后自行掉落，第二年往往会长出新的植株来。

也许正是这样的绵延相续，才能像时光一样“荏苒”不歇吧。于是，我们得以一边吃着苏子叶，一边感叹着光阴虽仓促，又处处留香。

北方之杨

需要天长日久等待的人往往是不会如期到来的，若是能排除千难万险赶来见你的人，他的焦心应该不需要星沉月落作为约期。

等待，是一个迷人的字眼，不管是殷殷等待归人还是渴慕着未知的旅程，都摇晃着不确定的情思。等待者也许心意笃定，也许内心忐忑、焦虑、失落，写在纸上，那得是满满几页内心戏啊。如此这般，“等待”必然是文学艺术中一个重要的主题。不要说《等待戈多》这样的本身以“等待”为名的剧目，罗密欧与朱丽叶、卡萨布兰卡的咖啡馆、一直在吃快过期的凤梨罐头的男主角（《重庆森林》）……哪一个桥段都充满了等待的张力。

中国古典文学中，我印象最深的关于等待的故事出自《庄子・盗跖》：“尾生与女子期于梁下，女子不来，水至不去，抱梁柱而死。”人们认为它讲述了一个抱信而死的信义故事，我则觉得这简短的篇幅中省略的等待故事更为激烈，复杂又纯净。试想尾生在漫长的等待中，水渐渐漫上身来，他的内心一定有过挣扎、恐惧和绝望，但有什么比违背誓约更可怖呢？于是，他继续等待……为何抱柱？柱子是在那个特定的空间中相对恒定的事物，它确立了等待的坐标，也是此时的信靠。《诗经》中的等待亦是如此，“东门之杨，其叶牂牂。昏以为期，明星煌煌”（《诗经・陈风・东门之杨》），我在东门外的白杨树下来等你，等到黄昏，启明星亮。白杨树是

没有脚的，它站在那儿，我就站在那儿等待着你。

每每读到这样的句子，就会心生惆怅。需要天长日久等待的人往往是不会如期到来的，若是能排除千难万险赶来见你的人，他的焦心应该不需要星沉月落作为约期。

说到白杨树，我也心有戚戚。我在首都师范大学做驻校诗人期间，公寓窗前就是两棵高大挺拔的白杨树。在我之前的数位诗人，包括我都写过它绿荫招展、黄叶飘拂、寒冬里露出干净的枝干。岁月轮转，只有它承受日月洗礼，岿然不动。“东门之杨，其叶肺肺”，西窗之杨也是如此，它比人心更为稳定而持久，它不等待也不祈望。我经常坐在它面前，看书写作，给远方的朋友写信，等待着诗神的青睐。冬天，天会迅速地黑下来，看不见启明星，想不出会有前来敲门的人，也没有任何约会要赶赴。我打开房间的灯，树影斑驳落在窗棂，想象那些站在树下等待着谁人的心情。有多少人会像尾生任由大水漫上脖颈，又有多少人会一坐到天明？

白杨树长在北方大地上，它汲水能力极强。有一次和朋友们坐火车飞奔在新疆广大的荒漠戈壁中，一位朋友幽幽叹息说，看到白杨树就想回家，他跟随父母工作的兵团在新疆长大。他说曾经有过兵团驻扎的地方就会围种着白杨。人已去，树犹在，它们还在等待，这比人心辗转反侧更为动人。

采贝母兮思故国

『我行其野，芃芃其麦』，这是暮春的景象，山岗上的贝母在这个时节应该抽出了新茎，它是否短暂地安慰了许穆夫人呢？这真是一个美丽而哀伤的谜。

湿漉漉的梅雨季夹杂着焖锅似的回南天，周围的咳嗽声不绝于耳，感冒病毒大有横行肆虐之势。各类药方偏方也开始流传：盐蒸橙子、川贝炖雪梨、川贝枇杷膏、蜂蜜渍萝卜……川贝母的出现频率很高，想来是润肺止咳、清热化痰的神物。不知有没有人和我一样，以前一直认为贝母是一种海洋动物。贝母嘛，听起来就好像贝壳牡蛎一类的东西，何况干贝母看起来真像奶白色小扇贝。事实上，贝母是多年生的百合科草本植物，入药的部分是植株的鳞茎。

“形如聚贝子，故名贝母”。古人确实也是用象形来命名此物，由于产区不同，药性不一，用于内伤久咳的主要是川贝母，今人多用川贝治疗呼吸道方面的疾病。而在两千多年前，古人已经使用贝母镇定和治疗抑郁。那时候贝母叫作“蝱”（盟音），怎么样，虽然生僻，但看起来是不是也能意会而秒懂？贝母粒像僵死的壳类虫子。“陟彼阿丘，言采其蝱”，在《诗经·国风·鄘风·载驰》中忧心忡忡的女子登上高山采摘贝母，来平息内心的焦灼苦痛。然而，这可不是一首简单伤春悲秋的闺怨诗，它是一

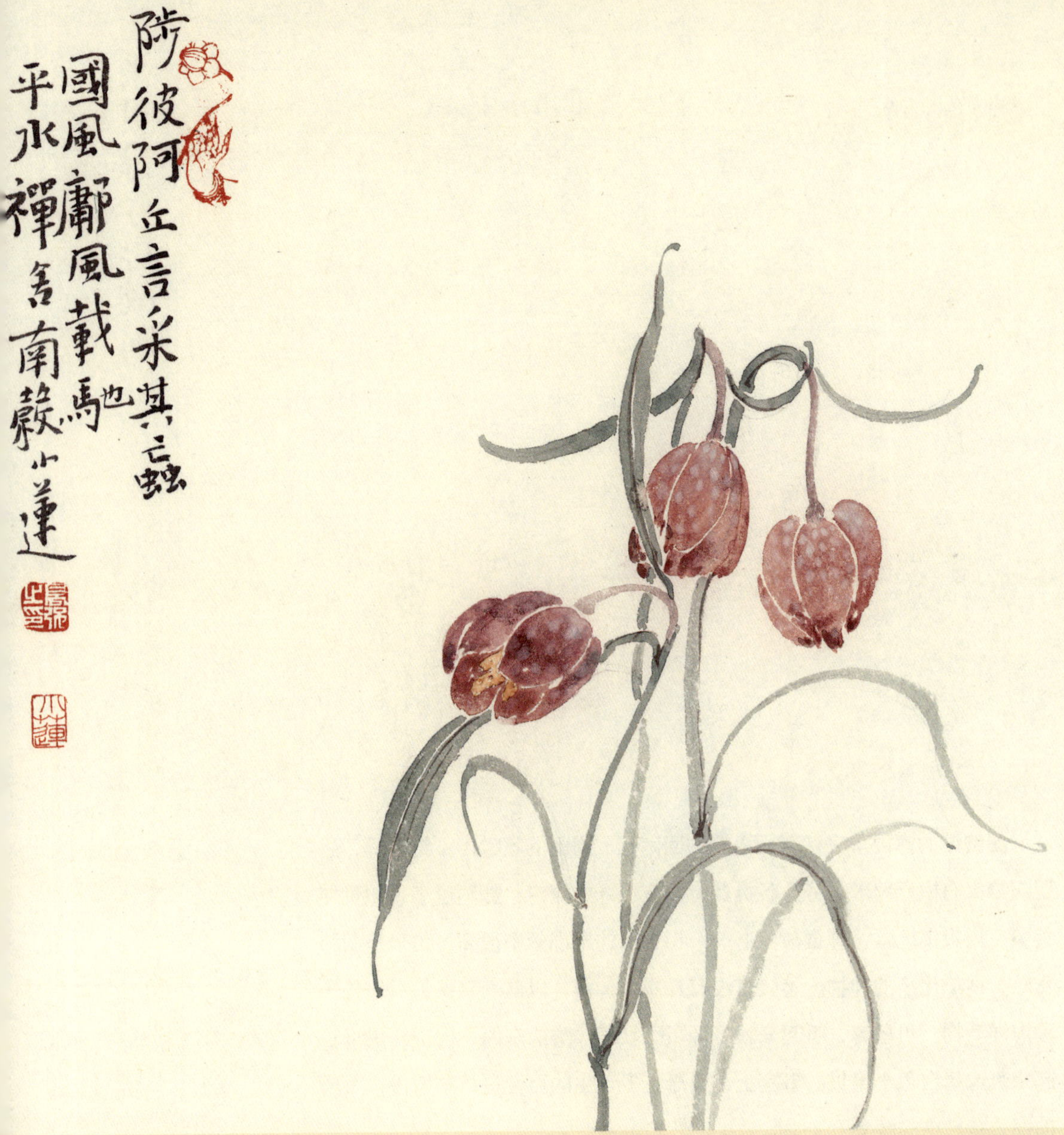
陟彼阿丘言采其蝱
國風鄘風載馳也
平水禪舍南
小蓮

个亡国的夫人想要奔赴吊唁而不得的哀痛之作。

据考，《载驰》的作者是姬姓的许穆夫人，她是中国乃至世界文学史上被记载的第一位女诗人。《诗经》所收录的她的三首作品，均可看出她并非普通人家的女儿，也全然不是一个只有闺阁庭园之叹的小女子。从卫国远嫁到许国，她怀着对家乡的思恋，听到宗国危亡的消息，内心震动，“载驰载驱”，也要赶往娘家吊唁。然而，这也不是普通的丧葬吊唁，它是国家与国家之间的角逐，这其中的艰难已经超越了悼亡的人之常情。国破家亡，却是自己回不去的家和他姓的宗国。历史虽然记录了这位辗转难息的女诗人，但她被称为“许穆夫人”，是许国穆公之妻，我们甚至无法考证她在卫国时的芳名。古代的女性是位卑言轻的，加之政治环境复杂，“既不我嘉，不能旋反”就是许穆夫人的处境，她心急如焚，却又无法返回祖国。但这也恰恰证明了这位女性的勇敢和不凡，“大夫君子，无我有尤。百尔所思，不如我所之”，你们那么多的思虑怨尤，不如让我亲自回乡去看一看啊。这沉痛不止是登高采摘贝母的无奈和孤苦，更充满了救亡的忧心和抱负，虽是女子之诗，却自有一种英雄气概。

那么，许穆夫人到底有没有回到卫国呢？诗中没有交代。史料记录中这位极具主张和刚烈情性的女诗人三十几岁便离开了人世。“我行其野，芃芃其麦”，这是暮春的景象，山岗上的贝母在这个时节应该抽出了新茎，它是否短暂地安慰了许穆夫人呢？这真是一个美丽而哀伤的谜。

采兰而佩

我就喜欢花市里热热闹闹的大花蕙兰，大过年的，看着就高兴。想到两千年前溱河洧河畔心如撞鹿的男女，折兰在手，应该也是这样单纯地高兴：这个人，多么美啊！

年关将近，岭南的花市热闹起来。温暖的南国花木葳蕤，好意头的植物在春节前夕被捯饬得喜庆缤纷：打着花苞的桃花、贴梗海棠、系着红绳的发财树、幽香袭人的金佛手、四季桂、翩翩欲飞的蝴蝶兰……从花市穿梭而过，会由衷地感到年岁匆忙，春日将近，这一切多美啊。

花市中最打眼的是色彩艳丽、花朵飞扬的蝴蝶兰和大花蕙兰。这两种兰花期悠长、体态优美，是很应节的盆栽。相对蝴蝶兰和大花蕙兰，墨兰、春兰、君子兰等就要显得内敛低调很多，但是也有很多人围着观赏或者捧一盆回家；国人对兰的喜爱，可是根植在血统里的文化基因。早在《诗经》时期，兰就是美好的信物，“溱与洧，方涣涣兮。士与女，方秉蕑兮”（《诗经·郑风·溱洧》），民间的上巳节，也就是三月三，溱洧河畔男女青年游春相悦，互赠泽兰香草。“蕑”，就是生长在水泽之畔的一种兰草，能被作为信物相赠，说明兰被先人视为良草。如果说《诗经》中的兰草犹如《溱洧》一样，仅仅只是一首单纯的民俗恋歌，还未彰显它强大的文化寓意的话，那么，兰草对后世的文化影响，更多的应该得益于孔子和屈原。

《猗兰操》中，“孔子自卫反鲁，隐谷之中，见香兰独茂，喟然叹曰，夫兰当为王者香草，今之独茂与众草为伍”；屈原在《离骚》和《九歌》中数次提到兰，“纫秋兰以为佩”。兰生幽谷，风姿素雅，性情高洁，这几乎是文人君子对自身德行的期许和暗示。《溱洧》中的兰，或许暗含对君子美人的嘉许，但它更加朴素自在，是民间一种活泼泼的热闹，更像今天花市上热烈奔放的蝴蝶兰，有一种我爱悦你，就以香花相赠的颟顸可爱。

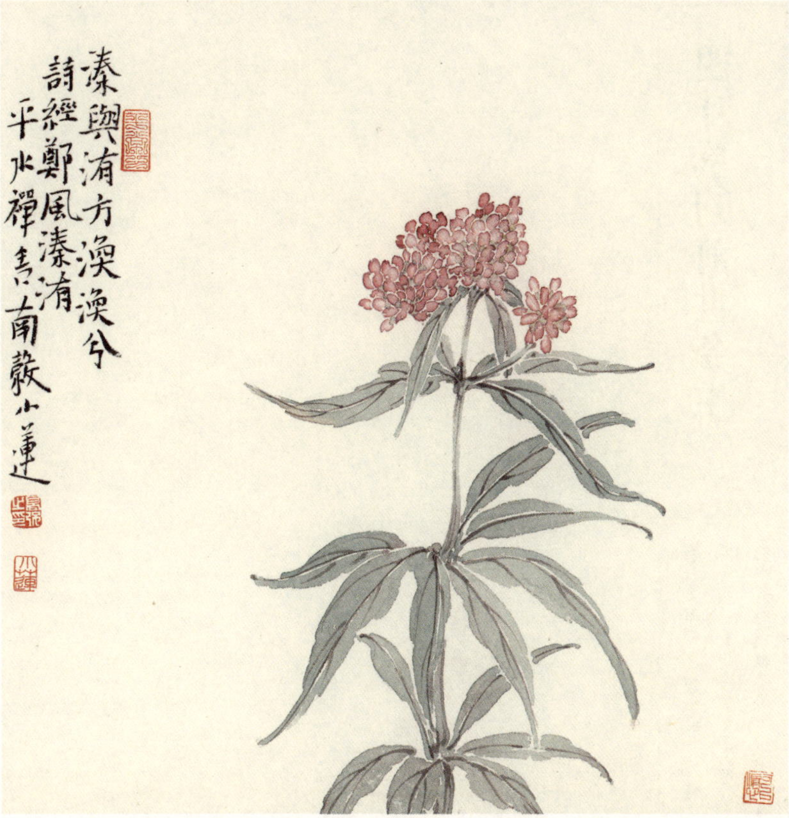

孔子和屈原的兰，则背负了太多的国事家愁，将兰置于一种人格的高度，就有一种不胜寒的孤清之气了。

历来中国式的审美是很少有雅俗共赏的事物的，过于热闹的总会被文人们置喙。只有那些幽谷中、寒风中孤高挺拔者，才会被视为有君子气质，“花中四君子”无一不是凌霜傲雪之士。《溱洧》中那种近似天然的欢愉，在后世的道德家们看来是轻浮的，中国人的爱恋似乎也必须升华为“革命般的友谊”才显得庄重有节。

植物的文化意涵有其深植和进化的土壤，它同时也反哺着这片土地。想起有个朋友有次想给一位长者送幅字画，征求朋友们意见，最后他想来想去，觉得应该送幅兰花，送梅兰竹菊显得有文化嘛，以示志趣高雅、品位不俗，不会出错。众人莞尔，谁说这不是另一种文化桎梏和庸俗呢？我就喜欢花市里热热闹闹的大花蕙兰，大过年的，看着就高兴。想到两千年前溱河洧河畔心如撞鹿的男女，折兰在手，应该也是这样单纯地高兴：这个人，多么美啊！

四叶草的前世今生

现代人早已不把『蘋』当作一种菜蔬了，更不会奉为贵重之物用于祭祀。偶尔会看到青春的男女在一大片田字草中间找来找去，据说找到三叶草的人会收获爱情和幸福——这事儿我念初中的时候似乎也干过，但当我眼前四叶茫茫，就没有什么耐心拨拉着一株一株找下去。

在老家，最喜欢参加婚礼的当数小孩。大人嘛，尤其是主角，大多在筹备婚礼前就累得人仰马翻，在喧哗热烈的婚庆现场，依旧要忍着劳累、顶着兴奋笑靥如花。小孩儿们才不管这些，嘻嘻哈哈凑在拜堂的新人周围；等着他们拜完天地高堂，新娘子就要兜着许多核桃、花生、糖果，泼撒在干净的堂屋前。孩子们一哄而上，去抢沾着喜气的果实，丝毫不理会请来行礼的老婆婆在一边念念有词。老婆婆念的，大意就是祈愿早生贵子、多子多福吧。

我曾在老家参加过许多少数民族的婚礼，婚俗繁复、朴素又庄重；虽不像西方人那样在教堂向上帝起誓，但祭祀是少不了的。祭神祭祖，一对新人要携手跨过火塘，得到神灵先祖的祝福才能长久美满。祭祀的物件很多，有些是猪头、公鸡；有些是拴着红线的木炭、炒米等。在遥远的古代，人们也有隆重的婚俗，只不过他们的祭品在今天已然显得寒碜——“于以采蘋？南涧之滨。于以采藻？于彼行潦”，《诗经·国风·召南·采蘋》中记录了贵族女子出嫁前祭祀祖先的情形。去哪儿置办祭品呢？那浅水的沼泽和水滨长着四叶草，那是“可荐于鬼神，可羞于王公”

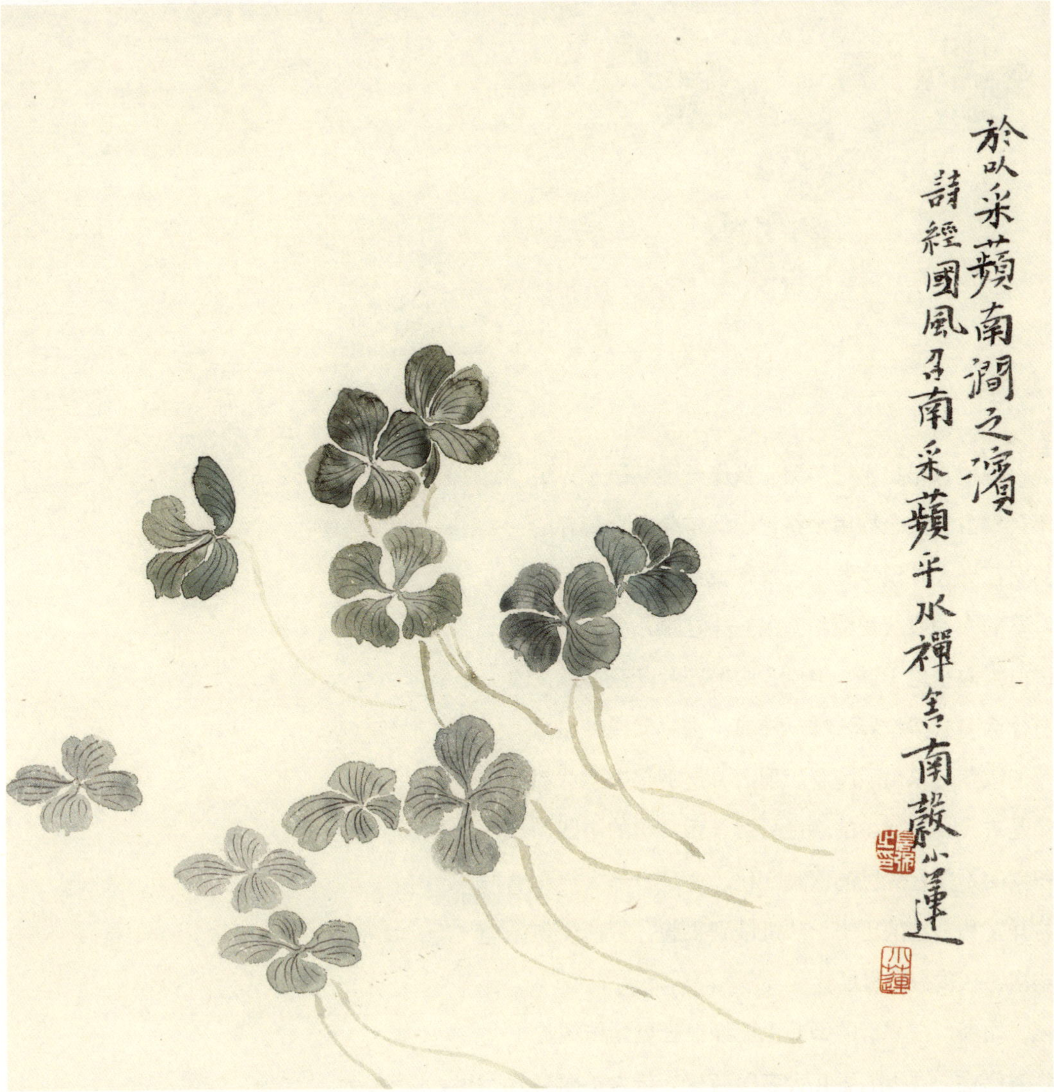

（《左传》）的贵族蔬菜。之前我们说过，在《诗经》时代，野菜的采摘是分等级的。“蘋”也就是四叶草、田字草，这是只有贵族才可以享用的野菜。我想这不仅是因为它鲜嫩味美，还因为生长环境所限，它只能生长在水泊、潮润之地，在蛮荒、干涸的北方就是难得的珍馐了。《采蘋》平实地记录采摘蘋菜、烹煮、设祭等整个风俗的过程，不失是后代考察当时婚俗祭礼的史料，也是一幅朴素、流动的风情画。画面上有在水畔采蘋的年轻女子，有烹煮祭品的“维锜及釜”（三脚锜与无足釜），还有在“宗室牖下”（祠堂窗下）举行的祭祀典礼。

现代人早已不把“蘋”当作一种菜蔬了，更不会奉为贵重之物用于祭祀。偶尔会看到青春的男女在一大片田字草中间找来找去，据说找到三叶草的人会收获爱情和幸福——这事儿我念初中的时候似乎也干过，但当我眼前四叶茫茫，就没有什么耐心拨拉着一株一株找下去。又说，田字草的嫩茎可以用醋腌制后配酒，这听起来怎么都像是古代食材稀少的蹊径另辟。舌尖上的中国，积累的不仅是先民的饮食文化，还是一部人类食材开发和甄选的历史，从饥饿到果腹，从稀少到丰裕，从贫穷到富足。

如今，在城市的婚礼上已经很难见到传统的婚俗仪式。城市的婚礼大多很西化，新人美丽，宾客尽欢。但我总是怀念从前的婚礼，怀念那些撒在地面的坚果和硬糖。不过，今天的孩子都已经不爱吃这些东西了。

苍耳绵绵

晏殊的词《撼庭秋》中有一句"心长焰短"，这四个字读来真是惊心。想必采苍耳的女子也有这样的悲叹，纵有高山之上的远行人可挂念，但来日不可知，归期不可知。这种念想像是无底的黑洞，也像一个一直在寻找挂钩的钩子，不知何时才能找到准确的位置。

读《诗经》的时候，我经常会想，那些用以比兴的事物是信手拈来还是古人的潜心附会？譬如在《周南・卷耳》中倾筐采摘的女子，不知是因为卷耳（今名苍耳）漫山遍野，本是寻常野菜，睹物伤情最自然不过，还是大费周章取其形象：苍耳的果实长着细刺，像一个个小钩子或小爪子，抓挠着离人的心事。

正因为苍耳子"抓人"，在我的印象中，小时候采野菜是不会顾及苍耳的。只是在"不盈顷筐"后，把粘黏在衣物上的苍耳子一粒粒摘下来。调皮的男孩儿还会将苍耳子扔到女孩子的头发上，惹来一声声娇滴滴的嗔骂。《自然》课本中对苍耳的描述则是典型的通过动物携带种子传播的最佳示例。打从学习了这一课之后，我每每想到小姑娘们嗔怒着从头发上拽下苍耳子扔到地上就乐不可支。这聪明的植物，借助了小野兔啊小狐狸啊小姑娘这些"小动物"愉快地把种子带到了其他地方繁衍。《博物志》中亦记载了苍耳的这种传播手段："洛中有人驱羊入蜀，胡臬子多刺，粘缀羊毛，遂至中国。"倘若没有春秋时期的牛羊贸易，这一年生的草本植物也断不能生出翅膀，飞到中土。

我从来没有把苍耳当作野菜，根据我有限的知识仓库中的记录苍耳是有毒的，种子毒性尤甚。古代的女子采满箩筐的苍耳应该是它的嫩叶，毒性可能会偏弱，但我猜也应该经过焯水、爆炒等多重处理才可食用。据说苍耳种子炒熟去皮可以磨面，这种吃法应该也是不得已而为之。也就是说那么多种野菜非要采摘苍耳，要么是苍耳实在是到处生长唾手可得，要么

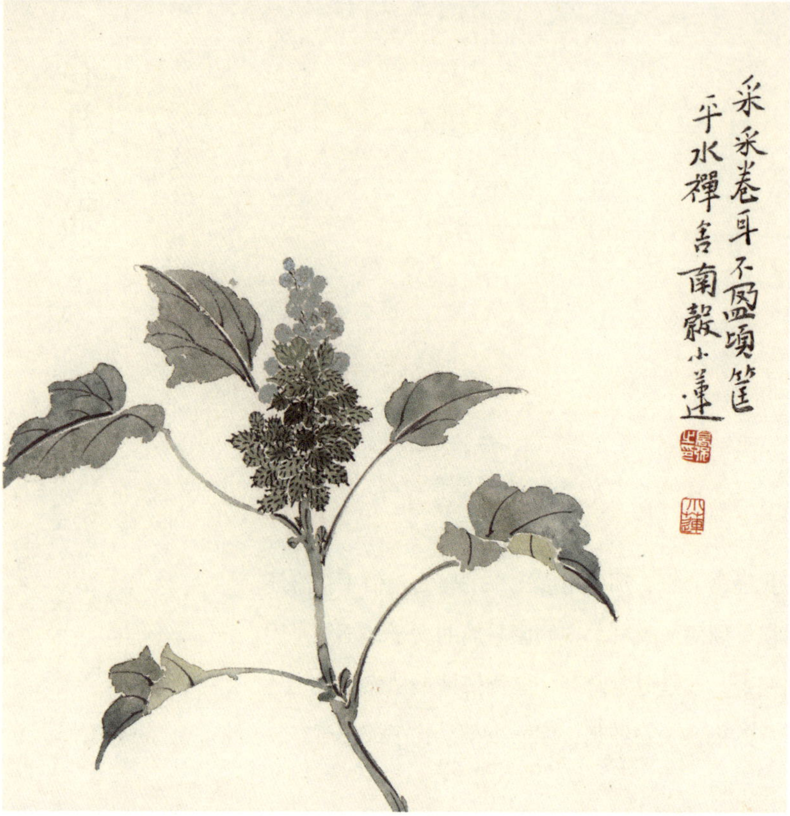

就是家境贫寒。古代野菜的采摘也是分阶级的，有毒性的植物应该列为末级了。然而，《诗经》的要义并不在于此，也不在于“贫穷而听着风声也是好的”。它动人心魄的地方在于，一个贫苦的女子和旅途困顿的离人遥相呼应的情思。在那绵密的情思中可以看到清寒险阻，也可以揣度音信相隔的悲愁。但他们感情的浓度却未因俗世劳苦的打磨而降低一点点，一如苍耳果实的坚硬。

晏殊的词《撼庭秋》中有一句“心长焰短”，这四个字读来真是惊心。想必采苍耳的女子也有这样的悲叹，纵有高山之上的远行人可挂念，但来日不可知，归期不可知。这种念想像是无底的黑洞，也像一个一直在寻找挂钩的钩子，不知何时才能找到准确的位置。

那高高山岗上步履踉跄的马匹身上是否沾着几粒苍耳种子呢？也许有的吧，在他们途径之处，来年苍耳郁郁，是否会有另一个女子采采盈筐，伴随着她浓重的心事？人们的心事和情感也会代代繁衍，“维以不永伤”的意义也许正在于此伤绵绵无绝期。

苌楚之祛魅

对古典事物的祛魅和对未知领域的探索也许是一样的，只有理解身在此刻的真实，才能明白心之所系，也才能了解怎样才能抵达他处。

夏日炎炎，朋友们相互撺掇团购水果，樱桃啊，凤梨啊，奇异果啊，等等。“新西兰黄金奇异果”寄来的时候，一边往冰箱里放那还不十分熟透的硬邦邦毛茸茸的果子，脑子里想起了那个笑话：几个鸡蛋在一起说小话，你看你看最右边那个鸡蛋，都长绿毛了！最右边那个说：“可是，我是一个猕猴桃啊！”

不管商业炒作如何极力宣扬新西兰的奇异果蕴含丰富的维生素C，都不能否认奇异果的“老祖宗”就是原产于中国的猕猴桃。《本草纲目》中有这样的记载：“其形似梨，其色如桃，而猕猴喜食。”猕猴喜食，姑且算是此物得名的缘由吧，我倒觉得那像裹着一层皮毛的褐色果实本身就像一只六耳猕猴。

不过，“猕猴桃”已经是现代人的叫法。早在《诗经》时期，猕猴桃有一个古雅的名字——苌楚。“隰有苌楚，猗傩其枝”（《国风·桧风·隰有苌楚》），低洼的湿地，猕猴桃长得茂盛，藤条绵长随风摇摆。接下来，人开始感慨“夭之沃沃，乐子之无知”“夭之沃沃，乐子之无家”，为世俗所羁的人们，好羡慕这无拘无束无知无虑的植物。关于这俗事羁旅究竟是什么，后世有很多解释，有人认为是政烦赋重的压迫，有人认为是家室烦扰。无论是庙堂之高的忧虑，还是平常人家的苦恼，都会让人生出对自由自在生活的钦羡。其实，“子非鱼，安知鱼之乐”呢，猕猴桃虽然沐浴自然欣欣向荣，但它也要承受风雨的侵袭、烈日的曝晒、虫鸟的啄食。它的甜蜜与酸涩，只能用无言的果实来表达。

人类总是一厢情愿地认为我们才是最不自由的，在关于“自由”的认知和追索中，我们产生了各种各样的艺术、商业和科技文明。就如《诗经》中，我们的先人也会站在一棵猕猴桃树下来感慨身心的枷锁。但我们很少去想象一棵树站在那里，它是否渴望过生出双脚，走到山坡的另一面去。生活永远在别处，不管是两千年前的古人，还是今天被叫作异域奇异果的果实。包装得精致的黄金奇异果价钱要比国产的猕猴桃高很多，不仅是品种口感的差异，也许更是关于遥远地域的想象和未知作祟。

向往自由，也许应先对自由祛魅。正如我第一次看到“苌楚”一词，是很多年前一位网友用其作为网名，当时我只觉得“苌楚”一词颇有雅风，但硬是没有想起它就是猕猴桃的名字。对古典事物的祛魅和对未知领域的探索也许是一样的，只有理解身在此刻的真实，才能明白心之所系，也才能了解怎样才能抵达他处。毕竟猕猴桃只能完成作为猕猴桃的生命，它永远不会是一个鸡蛋。

歌者的芣苡

诗中人一边轻唱着，一边投入地采摘着车前子。想必在这叶嫩芽丰的春光之中，车前子遍野，为农人们提供了大好的采撷时机。歌者语气轻快，想必是百灵鸟一样的年轻女子，专注于手中的活计，忘记了周遭的一切。

植物进入人们的生活，一般是因其食用和药用价值。至于观赏嘛，那是衣食足才思美感的事。在生产力低下的农耕时代尤其如此，《诗经》中采摘野菜以果腹的例子比比皆是。但是这些劳苦人儿的辛酸，在后世多半成为了审美的情致。

“采采芣苢，薄言采之。采采芣苢，薄言有之。采采芣苢，薄言掇之。采采芣苢，薄言捋之。采采芣苢，薄言袺之。采采芣苢，薄言襭之。”恕我不厌其烦引用了《诗经·周南·芣苢》的全篇，唯有通读全篇，才能感到其轻灵、活泼，一路读下来，好比乐符在舌尖上跳舞。“芣苢”就是车前子，古代穷人的菜蔬。这首诗写的是女子在田野上采摘车前草，一棵又一棵，一把又一把，衣襟装不下，再把围裙兜起来，装呀装满怀。诗中人一边轻唱着，一边投入地采摘着车前子。想必在这叶嫩芽丰的春光之中，车前子遍野，为农人们提供了大好的采撷时机。歌者语气轻快，想必是百灵鸟一样的年轻女子，专注于手中的活计，忘记了周遭的一切。

车前子好吃，但要佐之以肉糜，这是我吃野菜的心得——若非为了清肠刮油，大多数野菜本身是寡淡的。今天为了素食和减肥的人，当然认为野菜有丰富的营养价值，有大量的维生素。但是论口感，野菜一旦缺乏油荤，很多都有一种难咽的渣滓感和清苦。所以野菜要吃它的“幼年期”，不要等到它们长出老气的苦涩和纤维。车前草滚在腊肉汤里最为好吃。肉汁、盐味吸入叶片，车前草茎叶并不软脆，颇有嚼劲。叶脉太老，就会泛苦，也嚼不动。

在古代，人们认为车前子可以治疗不孕和麻风一类的恶疾。甚至有人认为《芣苢》中采摘车前子的就是一个新婚的妇人，目的是治疗生育方面的隐疾。这么轻松愉悦的氛围中要包含这么沉重的心思，我看怕是不能。车前子的药用价值固然是有的，那主要在于它的种子。秋后的车前子可以长出几十厘米高的穗子，籽实褐色，有利水、清热祛痰等功效。也用于妊娠方面的疾患，但似乎不像古时候人们想象的那样神奇。

车前草在很多地方被叫作“牛耳草”，叶片像牛耳朵一样，是不规则的椭圆长圆形。阳光充足的洼地是车前草的最爱，生长极快，春来不赶紧采摘，马上就会长成嚼不动的老牛耳朵了。《芣苢》中的人肯定也是看到大片鲜嫩的车前子舍不得罢手，这么好的嫩芽，要是不采走，怕是隔了一夜就要长出“老牛筋”来了呢。于是乎，衣襟兜之，围裙裹之。她回到家中会怎样烹饪这些车前草呢？我想它们肯定不会是肉汤中的点缀，比起原野里那些欢快的歌谣，生活的苦辛被隐藏在深处，像深沉的泥土。被人们传唱的永远是上面长出的花朵和绿意，是车前子一样的慰藉。

椿树椿树奈若何

我们常常活在对人心的误解中，不然这世间的痴男怨女怎么会如椿树发芽，不可断绝？

人类世界对植物的命名也是非常势利的，可以在春天采叶芽儿来吃的椿树，我们就把它叫作香椿；而枝叶不好闻又不能吃的椿树，我们就直呼其为“臭椿”，并认为它是“恶木”。连《诗经》中被丈夫抛弃的女子，也要指着它控诉那个失德之人。

“我行其野，蔽芾其樗”（《诗经·小雅·我行其野》），“樗”就是指臭椿。一个失婚的女人独自行走在荒郊野岭，感叹自己遇人不淑。就好比近前的椿树，看上去像是高大的、可依的树木，哪想到是百无一用、表里不一的恶木。喜新厌旧始乱终弃，是人类社会和文艺作品经久不衰的母题；幸福的婚姻都是一样的，不幸的弃妇却各有各的不同。刚烈的女子，如霍小玉，发誓化为厉鬼也不愿放过负心的男人；决绝的女子，如杜十娘，心灰意冷怒沉百宝箱。而古代的大多数弃妇，只能一个人彳亍而行，遣返娘家。纵有满腔悲愤心酸，也只能在椿树下怨恨那个男人变了心。“成不以富，亦只以异”，人世间恐怕再没有比人心更冷酷的东西了，不管是霍小玉还是杜十娘，或者这位哀怨的无名氏，她们都以自己的方式表达了对世人变心的痛楚。她们激烈的抗诉中，除了悲愤苦痛，更多的，是无奈。人心若是像椿树一样，因时生发倒也能落得长久。偏偏人心易变，就是厉鬼和万千财宝也不能挽回啊。

中国古典文学对人心世故看得很透，也很冷。《白蛇传》也好《牡丹亭》

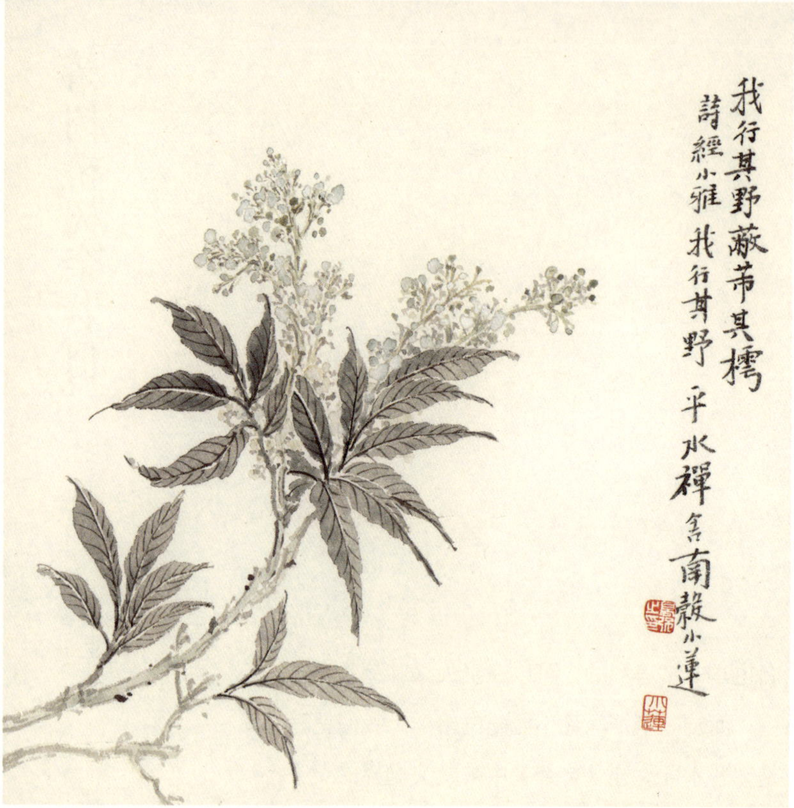

也好，里面人格丰沛饱满的几乎都是女性。至于男子，纵使才思出众、相貌堂堂，也是关键时刻只想着自保的懦弱之人。最具代表性的人物，怕是清兵入关时，想要效法屈原投湖殉国的钱谦益。他的小妾柳如是倒是心意已决，纵身一跃，钱谦益却在湖边瑟缩良久，说出一句："水太凉。"比水更的凉的就剩下人心了，但成百上千年来，我们还是不甘心，企图在人心的道场上一次次试炼，能够得到崭新的安慰。

不过，臭椿树也不是一无是处。它的果实樗果，在中药里叫做凤眼草。这个名字很形象，那长椭圆的翅果，中间圆形种子突起，横过来看就像是一只凤眼。凤眼草是清热祛湿的良药，臭椿的根、茎、叶也都是中药，在药剂中应用很广。还有啊，古人认为因为此树甚"臭"，所以鸟兽虫子都不栖不毁，所以臭椿在古人看来是"永寿"的树木。"椿年""椿令"，都是祝人长寿的美词。但这实在是古人的误解，香椿、臭椿虽然都枝繁叶茂、生长迅猛，但很少能活过五十岁——但这又有什么关系，我们常常活在对人心的误解中，不然这世间的痴男怨女怎么会如椿树发芽，不可断绝？

贻我来牟

不知道在两千多年前的周朝，是否有人闻到发酵中的大麦香气，那一丝丝的清甜，也是艰辛劳碌中的一点安慰吧。

冬天，去乡下走亲戚，推开大门，一股浓郁的酒味扑面而来。亲戚正在院子里翻晒酒糟，灶房中正在忙着密封新鲜的酒水。发酵、淬炼过的大麦在阳光底下粒粒鼓胀而慵懒，像是刚刚生育过的妇人，奉献了骨血中的精华。

大麦酿造的白酒入口清冽圆柔。在高原地区，大麦酒的酿造十分普及。特别是寒冬腊月，一土罐纯正的大麦酒是火塘围坐、节日待客之必需。大麦原产自中国的高原及山脉地区，很早便传入了中原，一直是重要的粮食作物，同时也是重要的酿酒原料。遥远的德国，16世纪早期，曾颁布过一部叫《纯净啤酒法》的法律，其中规定了啤酒应该只用大麦、啤酒花和水来酿造。这一规定，在某种程度上保证了德国啤酒的纯正质感。时至今日，很多德国啤酒仍然会宣称自己是纯正的大麦酿造。可见，大麦作为酿酒原料可谓有着“正统”的根基。

中国的《诗经》时代，大麦被称为“牟”，它在周王朝时已被广泛种植。“如何新畬？於皇来牟”，《周颂·臣工》就是周王训勉群臣勤于耕作、祈望丰年的一首诗，其中就着重写到了大麦将熟的场景。而在《周颂·思文》中“贻我来牟，帝命率育”的赞颂，更是将后稷开创农事、养育万民

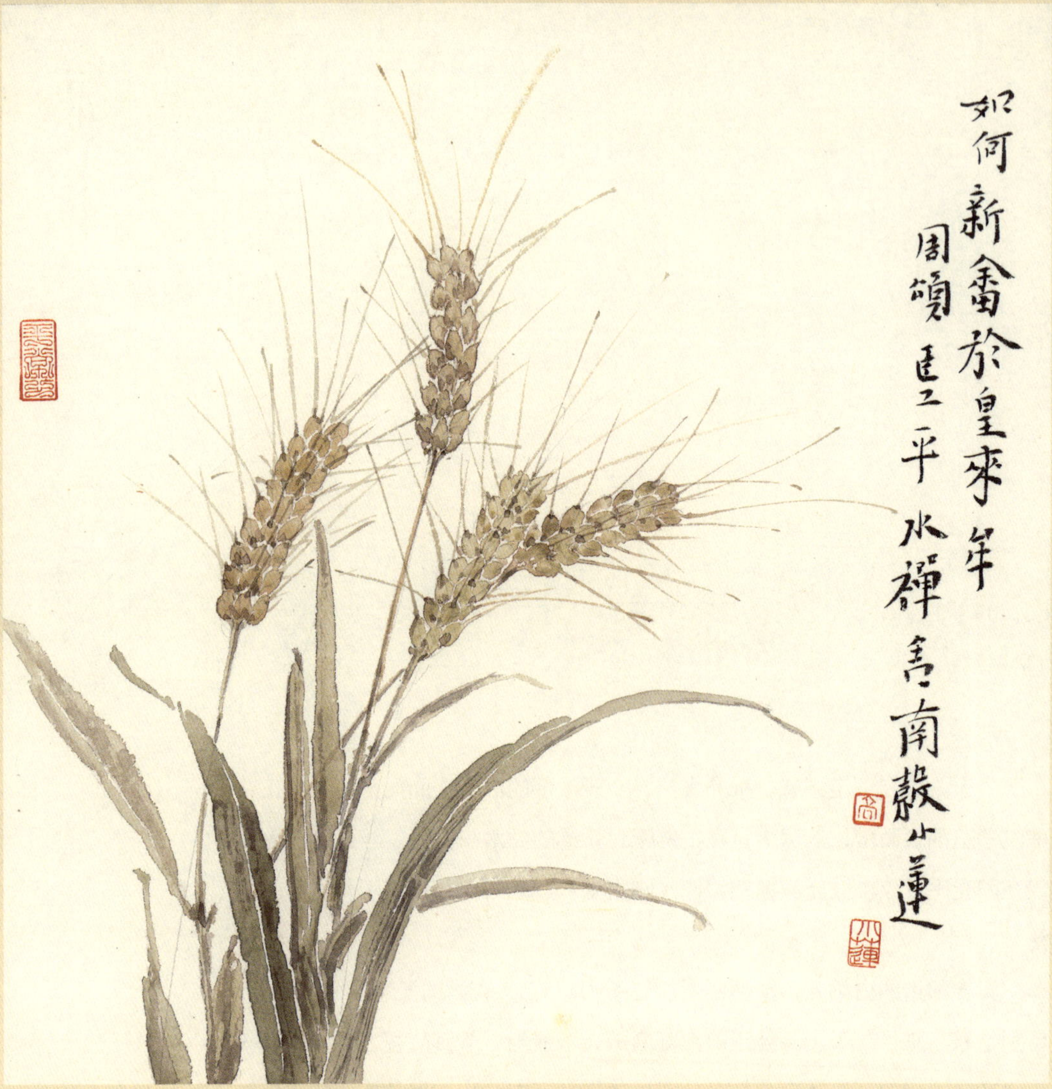
如何新畬於皇來牟
周頌臣工
平水禪意南穀小蓮

的功德发扬光大。《周颂·思文》是一首祭祀的乐歌，它将周朝先王的功德与天命相联系，人们口中的食粮、大麦的种子都是先王所赐。这种将王权天授的思想，既渲染出一种宗教般的庄重，亦有一种让人臣服的威严。“民以食为天”，特别是在农业时代，如果没有足够的粮食和风调雨顺的年景，天下苍生就要受苦受难了。所以人们仰仗天威，也愿意相信文德无双的“天子”会带来昌盛的国运，让田地繁茂，让仓廪丰实。

大麦的外壳与麦粒之间的黏性很高，不易脱壳，磨成麦粉的难度比小麦要高。所以，大麦作为主食多半用来煮粥饭，也就是我们常说的麦饭。在青藏高原一带，大麦的一个品种——青稞，被做成糌粑，成为藏民的日常主食。高寒地区，揉一撮糌粑，就一口酥油茶，很是抗寒扛饿。想必在《诗经》时代，大麦才刚引入中原地区，王室督促各地广泛种植，主要是将其作为口粮，而不是酿酒的原料。毕竟，只有先填饱肚子，才有闲情逸致去发明和享用更高级的饮食。

记得小时候过年，也会有老家的亲戚送来麦芽糖。经过育芽的大麦，在蒸煮、发酵、压榨、熬煮等一系列过程中结成糖稀。如今也还能看到街头巷口用麦芽糖给孩子们画小动物、小花篮的手艺人。无论是酿酒还是制糖，都是人们在满足了温饱之后的创造。不知道在两千多年前的周朝，是否有人闻到发酵中的大麦香气，那一丝丝的清甜，也是艰辛劳碌中的一点安慰吧。

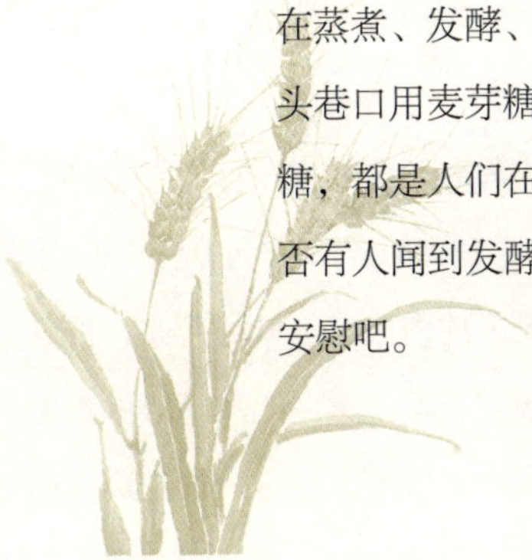

栝楼点灯

远征的人一路上这样想着，冷雨扑湿了他的脸，而栝楼呢，像一个个点亮的小灯笼，照亮着回家的路。

初春的山野，草木苏醒，冬日的萧瑟正像蛇皮一样缓缓褪净。干枯的藤蔓上偶尔还挂着一两个橘红抢眼的“小灯笼”，孩子们哪顾得上能不能吃，扒拉开枝蔓，先摘下来再说。果子的表皮已经皱缩起来，成熟过度的香气破皮而出。这在民间被叫作地楼或天瓜、学名叫作栝楼的小圆果常常在霜降和立冬之间成熟。当橙黄的果皮上像落了白霜一样出现白色的粉末就意味着它的果肉已经甜糯，等待着被采摘。春天的“漏网之果”由于水分蒸发，果肉变得更加黏稠甜蜜。有人觉得栝楼的果子有一股子焦糖味，我觉得冬后的果子甜度很高，焦糖味确实明显，不失为新叶还未长出前的意外收获。

栝楼果实能食，在古代人们更加重视它根茎的食用价值。这种葫芦科的多年生攀缘草本植物，枝蔓很长，根状茎肥厚。根茎中含有一种“天花粉蛋白”，可以磨碎用来做饼和面。古人对栝楼的了解已经非常细致，在《尔雅正义》中有关于它的生长习性的详细描述：“四月生苗，引藤蔓生，及秋而华……秋末成实，下垂如拳。”《诗经·豳风·东山》中“果赢之实，亦施于宇”，说的也是栝楼藤蔓绵长果实一串串挂在屋檐上的样子。果赢，

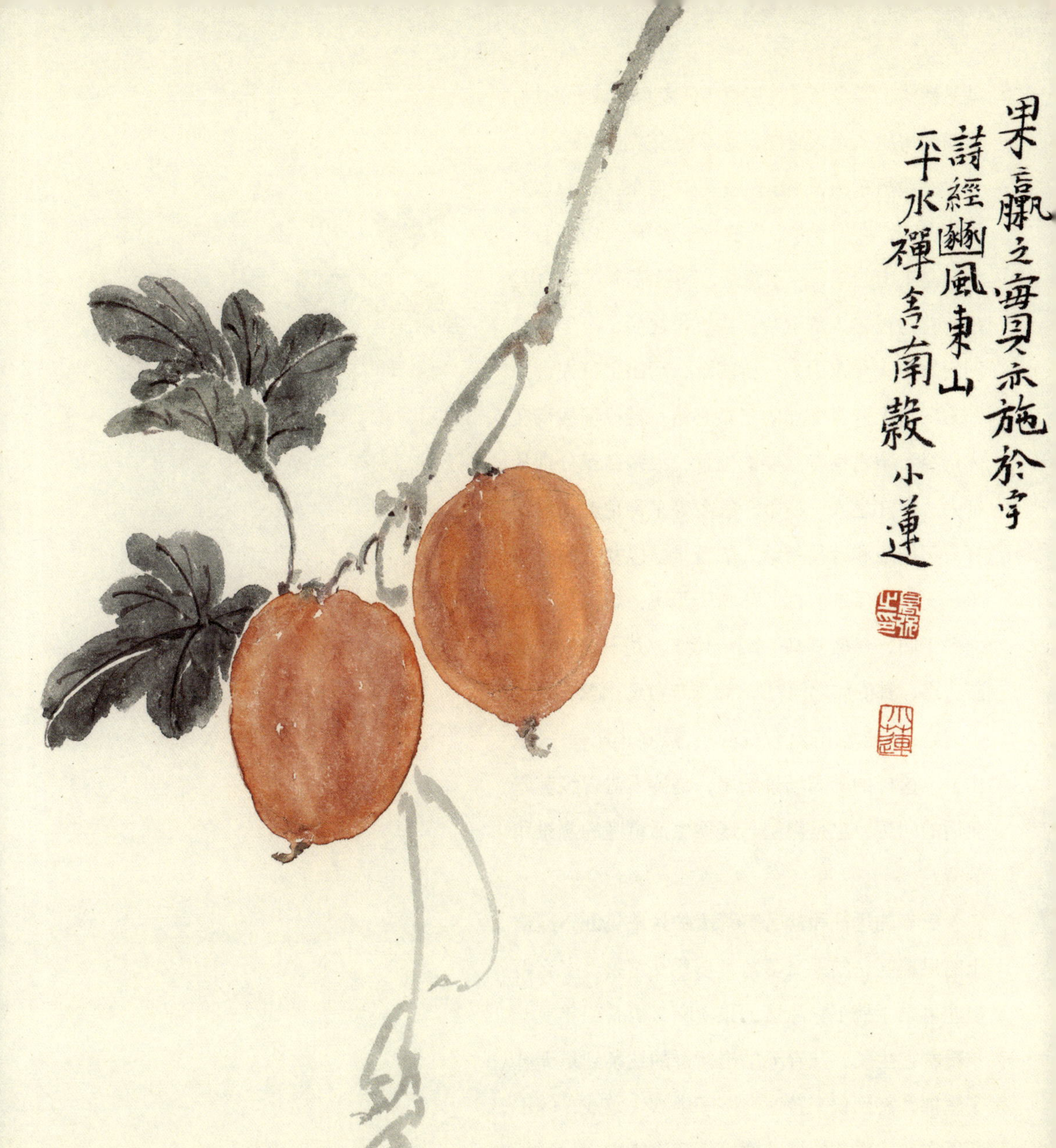
果臝之實亦施於宇
詩經豳風東山
平水禪舍南藪
小蓮

就是栝楼，攀缘在屋瓦房檐，任随果实成熟腐烂，表明这房屋久无人居住，藤蔓侵窗家园荒芜。

“我徂东山，慆慆不归；我来自东，零雨其蒙。果赢之实，亦施于宇。”我远征多年，久不归家，如今自东山归来，冷雨蒙蒙，满目荒凉。《东山》是一首行役之人的歌吟，自行役之后，三年没有回到家中。《东山》一诗四章，写出了征人远征归来一路上悲喜交加的复杂心绪。行役征战诗在《诗经》中占据着重要的位置，很多篇章分别从征人、留守之人、战争、家乡等多种角度和层次抒写了征战和劳役带给人的苦难，以及人们对和平、安宁生活的向往。“仓庚于飞，熠燿其羽；之子于归，皇驳其马。亲结其缡，九十其仪。其新孔嘉，其旧如之何？”想当年黄莺比翼齐飞羽毛闪耀，俏佳娘出嫁，仪式隆重，热闹非凡——《东山》以这样的美满场景结尾，是诗人对曾经美好生活的回想，也是渴望与这种生活重逢的愿景和等待。

三年的远征和悲苦有荒废的景象见证，屋檐上的果赢呢，结果又萎落，萎落又结果。多么希望能再亲手摘下它甜蜜的果实啊，更希望年复一年看着它生长，从春天抽出新鲜的枝条到夏天叶子葱郁，待到秋来孩童在院子中欢快嬉戏，等不及果实变成熟透的橙黄便摘下塞进嘴中——远征的人一路上这样想着，冷雨扑湿了他的脸，而栝楼呢，像一个个点亮的小灯笼，照亮着回家的路。

冬葵的时令

真实的农耕生活永远不是我们想象的田园牧歌式的风光旖旎。个中的粗粝和艰难，犹如冬葵老苍的叶片。

在温室培育、转基因等高新技术发达的今天，我们一年四季都能吃到西瓜啊草莓啊圆白菜啊苤蓝啊……有时很混乱，搞不清这些果蔬在正常情况下应该是什么时候生长、成熟。有些餐馆菜牌上就会有一栏：时蔬。所谓"时蔬"就是应季的蔬菜，遵循自然时令的果蔬被认为是健康、无公害的。

"应季"当然是经过工业、科技文明洗礼的现代人的说法，在早期农耕时代，所有的作物都是应季的。农历六月李子和葡萄让人垂涎欲滴；七月呢，葵和黄豆都可以采摘来煮食。八月就可以抬根杆子打红枣；待十月天渐凉，大雁飞，就该下田收割稻谷啦。一年农事繁忙，四时有序有条不紊，像屏风上一幅接一幅的风情画。你问我怎么知道的？两千多年前的老祖宗们就是这样生活的，也是这样描述的："六月食郁及薁，七月亨葵及菽，八月剥枣，十月获稻，为此春酒，以介眉寿。七月食瓜，八月断壶，九月叔苴，采荼薪樗，食我农夫。"（《诗经·国风·豳风·七月》）

《七月》是《国风》中最长的一首诗。周朝的先民在他们的土地上耕种、狩猎、建筑、酿造……还有劳役、宴飨等生活场景都在这首诗中重现。不得不说这首诗是古代先民生活的全景图。时序，在这里面体现得尤为真切。收获通常是农历六月，也就是秋天开始的。诗中罗列了诸多"时令果蔬"，让人想到其圆熟其甘美。其他果蔬不足为奇，看到"七月亨葵及菽"的时候我还是略有疑惑：两千年前已经有秋葵可食了吗？还是这里指落葵呢？经过一番考证，落葵在《诗经》时代的北方应该还未生长；而今人常吃的秋葵则是原产于非洲的外来物种，在20世纪初才传入中国。这里的"葵"

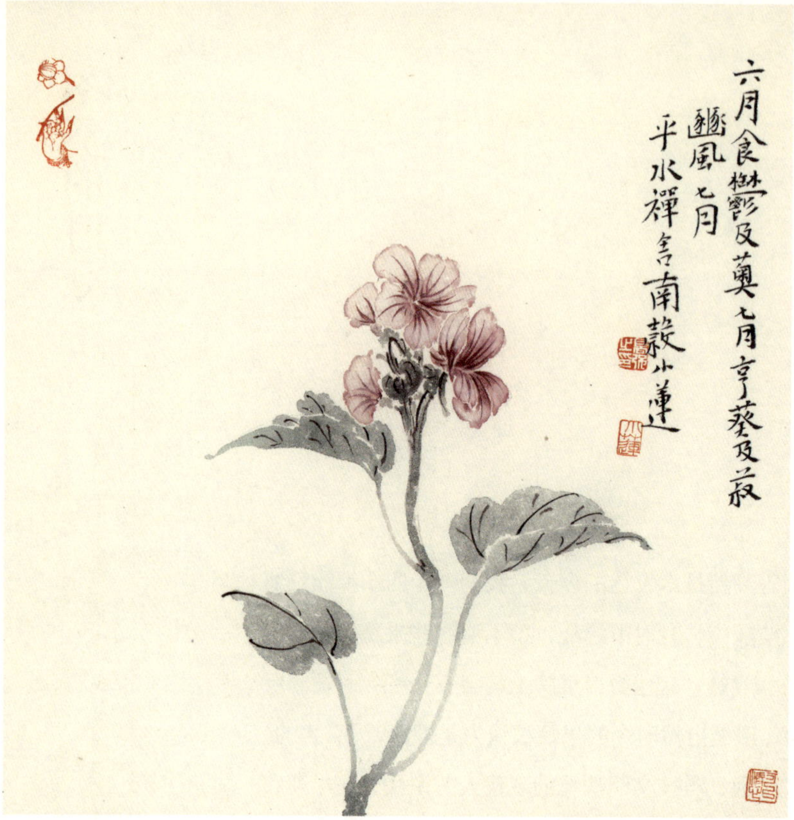

是指锦葵科的草本植物，冬葵。冬葵在古代是古人常食的蔬菜，主要取其幼苗或嫩茎叶，有“百菜之王”的美誉（《农药通决》）。只不过在明代后，人们认为孕妇食用会导致滑胎，因而减少了栽培食用。

冬葵的好时令已经过去，近几年食秋葵倒是大热，我在各种饭桌上吃到过不同做法的秋葵。当诺兰的科幻电影《星际穿越》塑造了一幕只有玉米和秋葵生长的末世景象，哪能想到几千年前的古人啖其美味的“葵”也是一种“长寿植物”。不过此葵非彼葵，冬葵的耐热力比较弱，一般在春季或秋季播种，60 天左右就要摘食，否则长出过多的粗纤维就影响口感了——这也是“时蔬”的另一重含义。过了最佳的采摘食用期，植物本身的鲜嫩就要大打折扣。

不过在古代先民那里，时令不只是丰收的盛景，也许更多的是劳作之艰辛，苦役之凄苦。真实的农耕生活永远不是我们想象的田园牧歌式的风光旖旎。个中的粗粝和艰难，犹如冬葵老苍的叶片。

首如飞蓬

飞蓬可以肆意生长的土地，终究还是和平的，值得人为之付出热望。人类如果失去了对苦难和战争的反思，那才是最可怕的。

暑假炎热，有一段时间宅在家里看书写作煲剧，不知今夕何夕，甚是享受，也颇为散漫邋遢。友人来约，只好请她稍作等候，戏称“首如飞蓬，待我好生梳理打扮一番”。

“首如飞蓬”，出自《诗经·国风·卫风·伯兮》。“伯兮朅兮，邦之桀兮。伯也执殳，为王前驱。自伯之东，首如飞蓬。岂无膏沐，谁适为容？”英勇的丈夫前往沙场，留守的妇人头发蓬乱，形容憔悴，疏于修饰自己的颜容。“女为悦己者容”，想到悦己者远在遥远的战场，生死未卜，哪里还有膏沐的心情，任由头发像飞蓬一样乱生。这首征人之诗，不是正面描写沙场的冷酷和战争的惨烈，只是借由留守妇人的思念，写出战争带给人的离乱之痛。

飞蓬是很常见的一年或多年生草本植物，喜阳耐寒，在很多国家和地区都能生长。夏日，飞蓬会开出圆锥形状如菊花的小花。《诗经》中出现的飞蓬也该是在房前屋后随处可见的野草。征人之远，家中只剩下妇人，不要说“首如飞蓬”了，怕是田宅也会日渐衰落，杂草丛生。读《伯兮》，我常常会联想到今天的中国农村，很多地方村庄凋敝，农事荒废，青壮年大多背井离乡去城市打工，留守在家中的大部分是老人和孩童。我曾在近年走访过中国南北方的不少乡村，很多人家没有劳力，甚至无法完成耕种和收获；没有办法耕作的田地被遗弃，直接荒芜在那里；那种萧索气息与每天吞吐几百万人的巨型城市和工厂形成了突兀的对照。城市化进程改变了人类的生活方式和迁徙途径，就如同战争在两千多年前改变了人们的命运。

当然，这不是可以作为类比的两个人类历史进程，但会让人感到有一种相似的内核：人们被迫或主动离开自己的家园，到另外的世界去寻找新的希望，以及新的和平。

1945 年 8 月 6 日，日本广岛上空火球滚过，接着下起了黏糊糊的黑色暴雨，由于一颗名叫“小男孩”的原子弹的投放，这里变成了“七十年都不会生长植物”的地方。生命力再顽强的飞蓬，也无法在这因战争变成废墟的土地上生长。72 年后的一天，一位幸存者口述历史，他不愿过多回想当年的经历和战争的惨状。“每次重复都是一种伤害。”他说，“秋天时，被焚烧的地方开出了花。到了春天，樱花也开花了，我们又有了希望。”在家园破碎、满目疮痍之中，带给人希望和安慰的是那些绝地重生的植物。无论哪一种战争，在任何时代发生，带给普通人的灾难和痛苦，都是一样的，不分国籍不分种族。

飞蓬可以肆意生长的土地，终究还是和平的，值得人为之付出热望。人类如果失去了对苦难和战争的反思，那才是最可怕的。

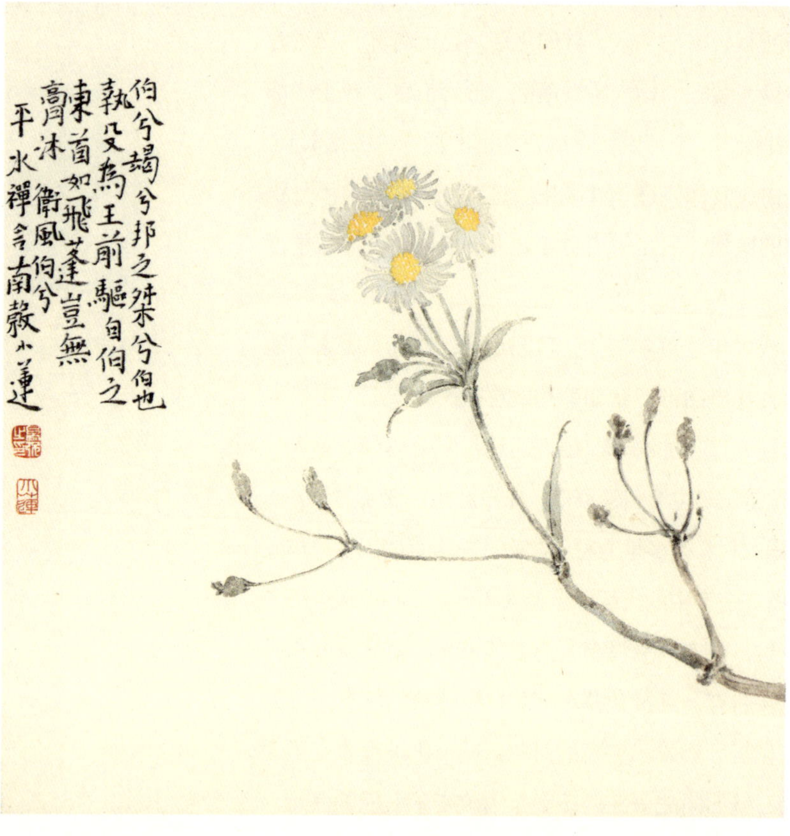

首阳可采苓

而在古旧的中医药铺里，拉开一格装满甘草片的抽屉，
我们闻到的，应该还是两千多年前的气息。

到一个地方游玩，除了赏美景观美物，更重要的还有品美食。特别是爱吃的中国人聚集的旅游区，各种小吃、手信街构成了景点不可分割的一部分。前阵子去了一趟潮州，据说这是广东著名的美食城市之一。除了吃著名的牛肉火锅、鸭母捻（类似汤圆的甜品）、腐乳饼、粿条……潮州姑娘跟我说："一定要吃甘草水果呀！"对，就是这么一种奇怪的吃法，将橄榄、青芒果、番石榴等水果去皮切块，浇上煮制过的甘草汁。浸泡过甘草汁的水果有一种特别的清甜和回甘，让人口齿流芳。湿气较重的岭南地界，甘草不仅能清热解毒、清燥润肺，而且能消暑健脾。不得不说，中国人的饮食中充满了当地人的生活智慧。

据说甘草汁的熬制至少需要六个小时，采用上好的甘草根茎，煮出浮沫和甘草独特的甜味。这种多年生的草本植物，多生长在干旱、半干旱的荒漠草原，沙漠边缘和黄土丘陵也是它们的乐土。早在《诗经》中，我们便可以窥其影踪："采苓采苓，首阳之颠。"（《国风·唐风·采苓》）"首阳"，也就是今天山西省永济市南的"首阳山"，即今天的雷首山。诗中所写的"苓"就是甘草，它生长在干燥的山西丘陵之巅，这颇符合它的生长习性。只不过诗中人所采撷的，应该不是我们今天多会采用的甘草根茎，而是甘草的嫩芽嫩叶。山西一带会采摘甘草的嫩芽和面蒸食。可见，在《诗经》时期的中国北方，甘草主要是作为一种菜蔬而不是药材。

奇怪的是，在《国风·邶风·简兮》中，"苓"出现在低洼的湿地——

“隰”。“山有榛，隰有苓。云谁之思，西方美人。”高高的山上长着榛木，低洼的湿地里长着甘草？这似乎不太符合甘草的脾性。另外，《简兮》通篇赞美舞师的俊美威武，爱慕之情溢于言表，以甘草为喻，未免有点别扭。要知道，就算是花期繁盛时的甘草也是不起眼的，紫红色的蝶形花像地里的绿肥，有一种干巴巴的瘦弱之态；它把最精华的部分留给了底下的茎块。所以，《简兮》中的“苓”，我更倾向于认同后世将其解为“莲”的说法。榛木健硕，莲花清雅，“彼美人兮，西方之人兮”，那从西方而来的美男子啊，让人心动而不能自持。

《采苓》中，人们在山西采摘甘草的叶尖，其时甘草恐怕只是野生的孱弱的草棵。而今天，在新疆、内蒙古、甘肃等干旱的地区，甘草被广泛种植，但人们主要采掘它的根茎，晾晒成草药。在低湿的南方人们将它煮出澄黄的甜汁，使它变成了美食中的调剂。而在古旧的中医药铺里，拉开一格装满甘草片的抽屉，我们闻到的，应该还是两千多年前的气息。

枸杞的前世今生

记得一个朋友说，饮一盅老火靓汤，除了把那精华的汤汁喝个底朝天，最后要把沉底的粒粒枸杞、玉竹也捞出来吃完，这汤才算是喝好了。闻之会心莞尔，不由得想起那汲饱了汤汁的枸杞子在唇齿间的软糯。

广东人善煲汤，各种食材药膳，往老火上慢工细煲，那汤色和滋味，唯有粤语中的“靓”字足以形容。记得一个朋友说，饮一盅老火靓汤，除了把那精华的汤汁喝个底朝天，最后要把沉底的粒粒枸杞、玉竹也捞出来吃完，这汤才算是喝好了。闻之会心莞尔，不由得想起那汲饱了汤汁的枸杞子在唇齿间的软糯。枸杞子，是煲汤的上佳辅材，有补肾益阳的功效。还没有结果成熟前的枸杞嫩苗和嫩叶,也会被人摘下来炒着吃或者代茶饮。枸杞叶有一股生涩的苦味，小时候我口腔溃疡，母亲挑拣嫩尖儿炖了肉糜来吃，因它有清火解毒的药效。

今天我们所食的枸杞，多半是人工种植的。中国西北部的枸杞子味甜、粒大、饱满，全拜那里冷凉的气候、沙质的土壤和充足的阳光所赐。市面上的卖相好看、价高的枸杞往往是带着宁夏、甘肃的标记。我曾在西部的沙地见过野生的枸杞，枝条干瘦，颗粒羸弱，全然没有人工种植的那么光鲜，但想必药性是更强的。

野生的枸杞在《诗经》中俯拾皆是：“陟彼北山，言采其杞”（《小

翩翩者鵻載飛載止集於苞杞
平水禪舍南穀小蓮

雅·北山》）、“翩翩者骓，载飞载止，集于苞杞”（《小雅·四牡》）、“山有蕨薇，隰有杞桋”（《小雅·四月》）……这些篇目中提到的“杞”都是指枸杞。不过，《诗经》中出现过的“杞”不都是指枸杞。譬如，“将仲子兮，无逾我里，无折我树杞”（《郑风·将仲子》），这里的“杞”是指一种树叶似柳的落叶乔木——杞柳。而《小雅·湛露》“在彼杞棘”中的“杞”则是指在西方国家经常用于圣诞装饰树的枸骨树。

“陟彼北山，言采其杞。王事靡盬，忧我父母。檀车幝幝，四牡痯痯，征夫不远”（《小雅·杕杜》），这是一首妇人思念服役的丈夫的诗。征战不休，征人归期遥遥。“翩翩者骓鸟，载飞载止，集于苞杞。王事靡盬，不遑将母”（《小雅·四牡》），这是一首政务繁重的小官吏奔走行役、思念父母家乡的诗。将《诗经》中许多写到枸杞的篇什放在一起读，会发现很多都在诉说生之苦役，有征人之苦、离乱之苦、劳碌之苦。生活在社会下层的人像风中的野生枸杞，贫瘠、清苦。在古代，枸杞还未被广泛种植，也应多生长在冷寒、荒凉的北方沙地上，捋一把、嚼一口都让人觉得心酸；自然也算不上什么佳木珍馐。

能把汤底肥大的枸杞也捞起来，慢慢嚼了吃，是今人的闲心和福分。如今市面上还流行一种黑枸杞，颗粒较细，据说有良好的滋补和药用价值，价格不菲。黑枸杞泡水，颜色像浓重的紫墨水，常会让人怀疑高昂的价格是否买到染色的假货——这样的事情，是风沙满袖的古代人所不能想象的。

东门之椒

那是花椒大丰收的一年，因为每天的采摘，我也体验了花椒的尖刺扎进皮肤的麻木感。花椒还没摘完，祖母就去世了，不知道她人世的最后记忆是不是花椒饱满、亲人团聚的景象。

中国人爱吃，在一起免不了吃吃喝喝，还要一边吃着碗里的谈论着其他锅里的。前几日，友人们在粤菜馆子里讨论中国的几大菜系，说粤菜无辣、不麻，冬天里略显寡淡，倒是适合吃一锅红汤辣油的重庆火锅。广东朋友说，好多粤人可以接受辣味，但对花椒的麻味却要退避三分——也许这也是在粤地湘菜比川菜更流行的原因之一吧。

花椒的麻，在我的记忆中，不是在舌尖上停留的那种轻微的酥痒和麻醉感，也不是它在油锅中泛起的浓烈香气，而是花椒树上的尖刺戳破手指的刺痛和麻痹感。祖母家前院里种植着一片花椒树，果实颜色不同而分为青椒和红椒。记得祖母去世前的夏天，花椒树上果实累累，团团簇簇的花椒粒从带刺的枝条间露出饱满的颗粒。病重的祖母就坐在屋檐底下，透过大门，可以看见来看望她的亲人们在院子里采摘花椒；亲人们也时不时抬头看她。祖母太老了，医生已经宣布放弃治疗，希望她回到儿孙绕膝的家中度过她最后的时光。

那是花椒大丰收的一年，因为每天的采摘，我也体验了花椒的尖刺扎

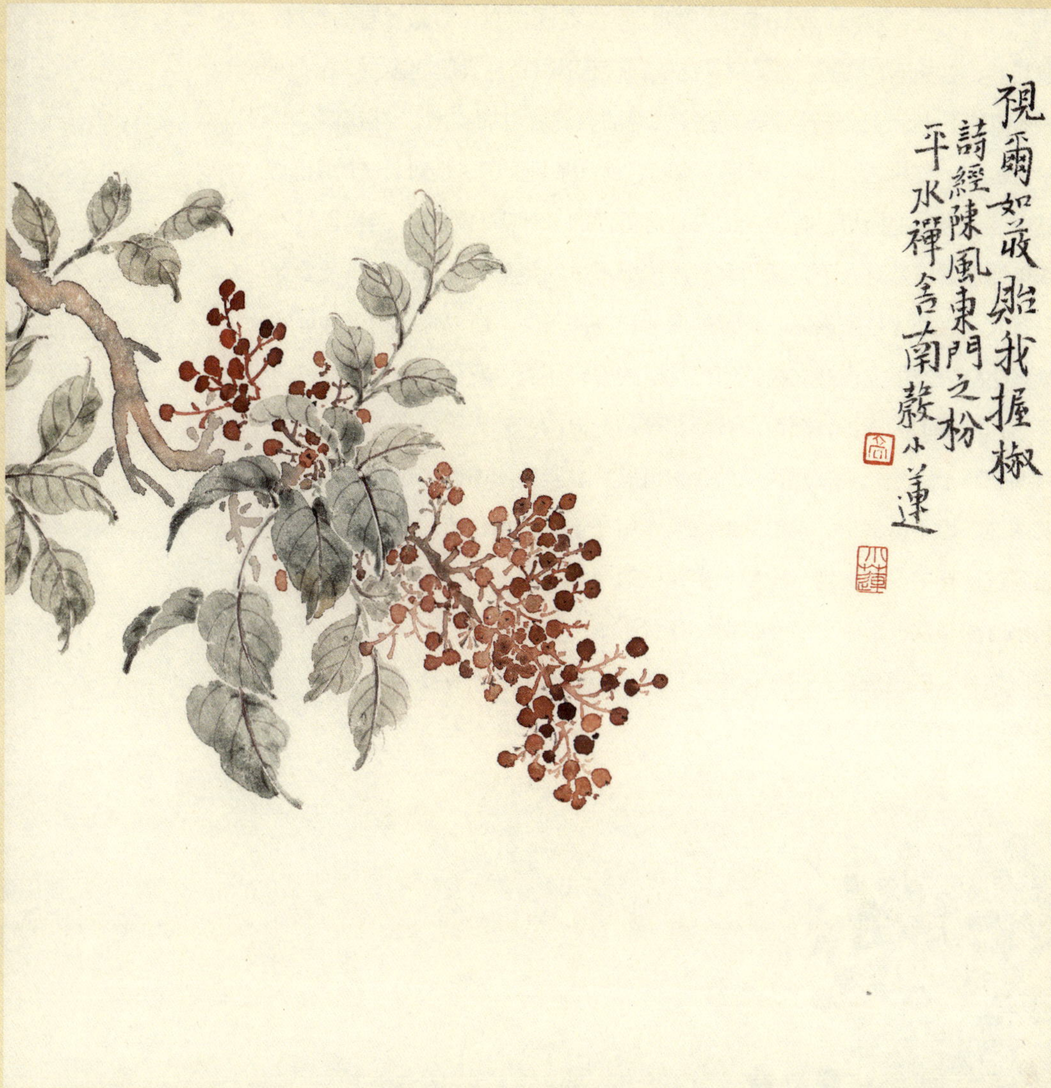

进皮肤的麻木感。花椒还没摘完，祖母就去世了，不知道她人世的最后记忆是不是花椒饱满、亲人团聚的景象。在古代，花椒也是多子的信物。《诗经·陈风·东门之枌》中有“视尔如荍，贻我握椒”之句，写的是男女在野外集会，女子赠送给自己心仪的男子一捧紫红的花椒。一说是在祭祀的庙宇周遭集会，花椒作为祭神的香物出现；二是花椒在当时是稀有的香料，取其形，是多子的象征。女子赠人花椒，不得不说真是大胆的表白。在《唐风·椒聊》中，这种子孙昌盛、荫庇四野的寓意就更加突出。“椒聊之实，蕃衍盈升。彼其之子，硕大无朋。椒聊且，远条且”，这是对君子的唱诵。其中关于椒实的描写，有学者认为是对男性的一种生殖崇拜，但我觉得不妨单纯地看作是对人丁兴旺的家族再传统不过的赞美。传统的农耕社会，只有人丁兴旺才是家族兴旺延续的保证和先决条件，所以像花椒一样籽实繁多的植物被视为吉祥之物，何况花椒的香气还能诱发让人上瘾的食欲。

在麻辣的汤锅里，翻滚的花椒颗粒是花椒的“外壳”，当采摘下来的果实被晾干，外壳会绽开，里面会滚出黑色、坚硬的内核。这种核是没有麻味的，也不可食用，据说它的主要作用在于繁衍和种植。但我并未真正看到过这样的黑核被埋于土壤长出花椒幼苗来。花椒的种植并非易事，记得小时候叔父在前院种植花椒时，花费了不工功夫。

如今，时逢盛夏，门前花椒树仍然果实繁茂，家人也要采摘数日。祖母的坟头也已经是青草碧碧。

静静的白桦林

冷冽的泉水依然静静流经白桦林，它们相互致意，理解彼此经历过的岁月，然后唱着属于自己的歌谣，向着高山天空，尽情舒展。

在广袤的俄罗斯大地上，流传着一首叫作《白桦林》的民歌：“为什么俄罗斯的白桦林如此喧闹？ 为什么白色树干的它们什么都明白？它们在风中伫立在路旁，靠在它们身上，树叶便忧伤地落下……”俄罗斯广阔的山川、静静的伏尔加河畔、一望无际的公路或者村庄旁，到处都生长着茂密的白桦林。白桦树是俄罗斯的国树，不仅因其环绕着俄罗斯人民，更

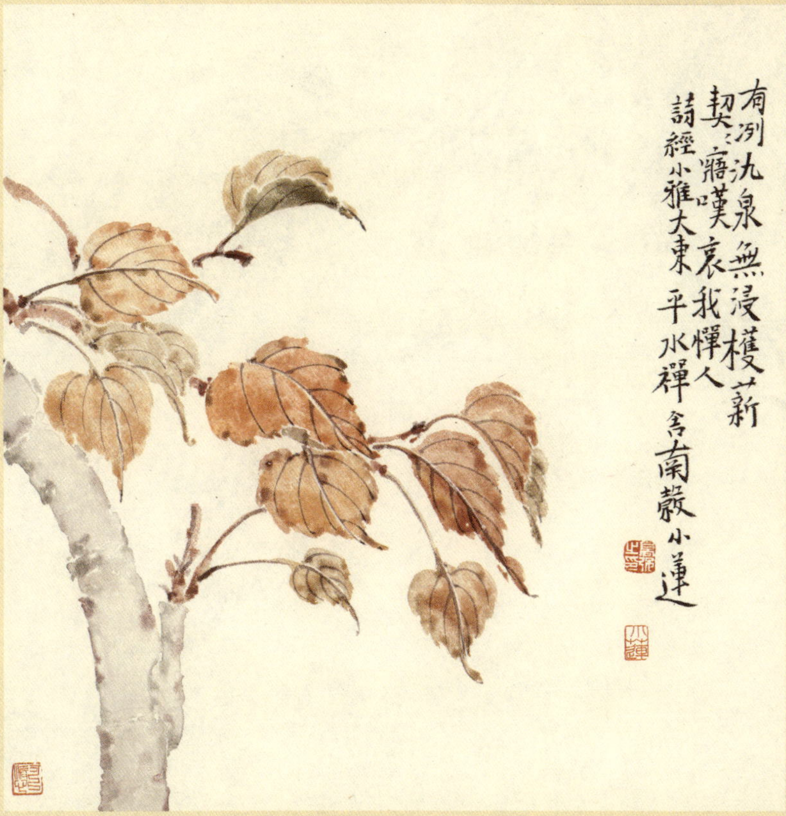

因其在严寒中英姿挺拔，是俄罗斯民族的精神象征。

与俄罗斯自然条件相似的中国东北、华北一带，也生长着大片的桦树林。这种高大的乔木，叶呈三角状卵形，白色树皮很软和，可以层层剥下。《尔雅正义》中说桦树的树皮柔软致密，适合做马鞍及弓箭的外壳。

和历史悠久的俄罗斯民族一样，白桦在寒冷的中国北方已经生长了无数年；在中国遥远的《诗经》时代，白桦被称为“檴”。“有冽氿泉，无浸檴薪。契契寤叹，哀我惮人”（《诗经·小雅·大东》），山泉汩汩寒冷彻骨，千万不要浸湿刚砍下的桦树柴薪啊，夜梦忧心醒来嗟叹，哀怜那贫病交加的劳苦人啊。“东人之子，职劳不来。西人之子，粲粲衣服”，《大东》全诗七段，共五十六句，层次清晰，是一首感情强烈的怨刺之诗，反映的是西周中晚期东方各部族遭受统治者惨重盘剥的艰辛生活和劳苦百姓的悲愤之情。

受压迫的人在寒冬凛冽中砍伐“檴薪”，“檴”就是白桦树。在古代北方，人们砍伐桦树作为柴薪，也用来做建筑木材。白桦树皮还可以编制盒子等用具。“有冽氿泉，无浸檴薪”，寒冷的泉水浸湿本该晾晒的柴薪，比喻本应修生养息的百姓得不到安歇，被不断侵扰和劳役。“薪是获薪，尚可载也”，表达的也是同样的情绪。

大约是前年深秋，我驱车穿过张家口以北的森林草甸，那里的桦树林整齐茂密，在深秋的清寒之气中英姿挺立，北方桦树的风貌卓然而现。我想起俄罗斯大地上回荡的歌声，也想起两千多年前在深山砍伐桦树的先民们。世界上历史悠久的民族，有哪一个没有经过高纬度地带那样的严寒和暴虐呢？能够保存至今的火种又有哪一种不像桦树那样顽强和坚韧？如今的桦树林，既有滑草场，也有深冬的滑雪场，人们的欢笑和尖叫声围绕着高大的桦树。白色的树干和郁绿的枝叶在风中沙沙颤动，似乎在回应人们的欢乐。那些往昔的艰难、那些严寒中的苦痛，似乎都被白色的树木一层层包裹起来，成为了紧密的年轮。

冷冽的泉水依然静静流经白桦林，它们相互致意，理解彼此经历过的岁月，然后唱着属于自己的歌谣，向着高山天空，尽情舒展。

日食下的灰菜

刚开始读《十月之交》时，我觉得这首诗歌中出现的灰菜特别突兀。但后来，渐渐觉得这好似电影长镜头中的神来之笔：暗色调的萧条之景中，杂乱生长着黯淡的植物，人们妻离子散，哭喊着走过那些原本丰茂的土地。如果日食、地震等异象仍不能唤醒暴戾的统治者，那就让屋角田埂的灰菜为这些流离失所、辗转悲辛做一个苦涩的见证吧。

美国当地时间2017年8月21日，天空出现了超级日全食。不仅是美国人民，全世界的人民都通过网络直播等方式观看了这场罕见的天文现象。在这个时代，哪儿是日全食最佳观测地呢？不是西海岸的俄勒冈州，也不是高大上的NASA空间站，而是各大网络直播平台和微信朋友圈。于是乎，美国人的“日食节”，成了全世界人民共同的网络狂欢。

在古代中国，太阳可是天子的象征。天子代天巡狩，日食则意味着上天对天子的警示，乃不祥之兆。《诗经·小雅·十月之交》一诗，就突出反映了这样的观念。“十月之交，朔月辛卯。日有食之，亦孔之丑。彼月而微，此日而微；今此下民，亦孔之哀。”十月初一，出现了日食，天昏地暗，大难将临啊，黎民悲哀。据考证，该诗中的日食可不是一个文学的譬喻，而是真实记录了发生在夏历十月一日（周幽王六年，公元前776年9月6日）的日食。这是世界上关于日食的最早记录。接下来，诗歌将天象与周国的灾祸、危机联系起来，控诉了执政者祸国殃民的暴行。

“抑此皇父，岂曰不时？胡为我作，不即我谋？彻我墙屋，田卒污莱。

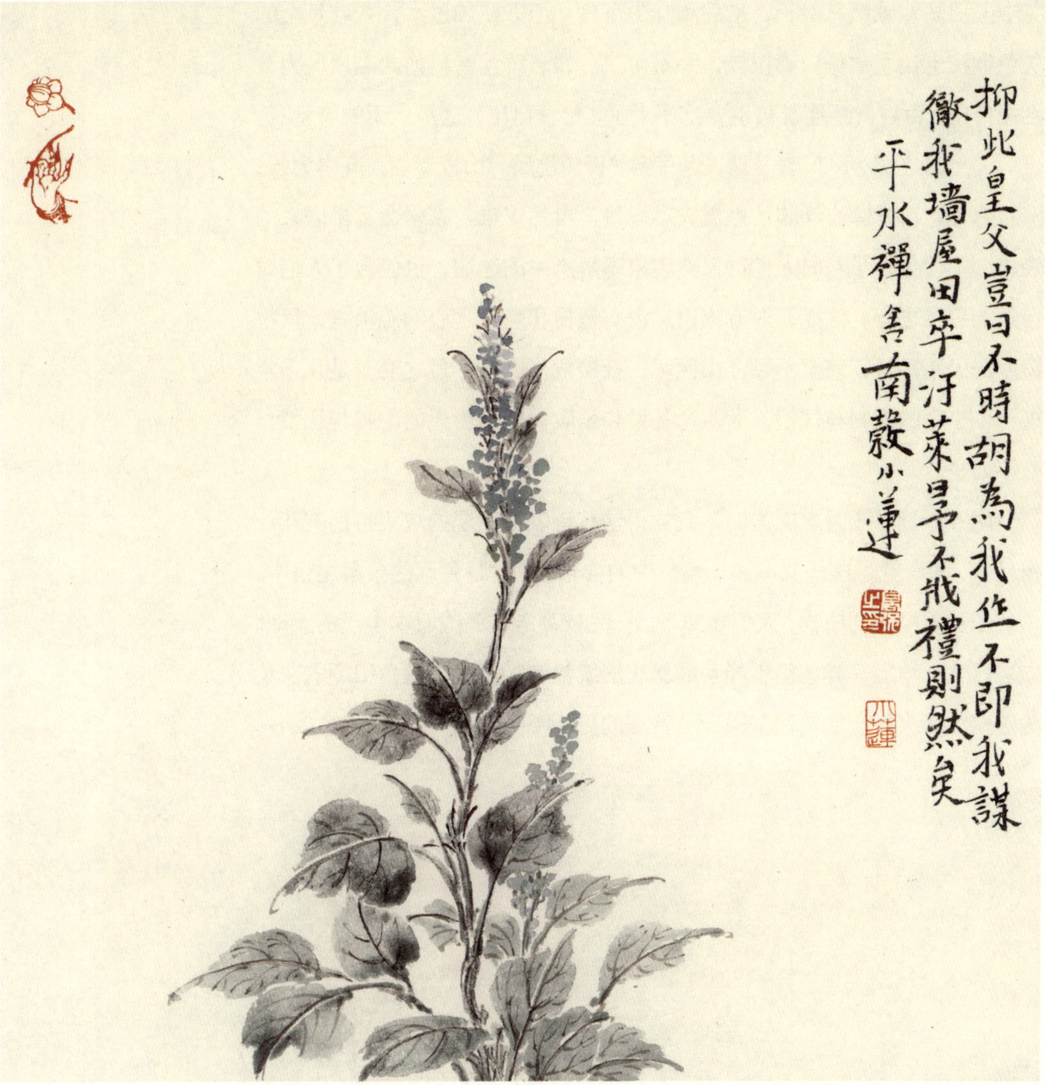

曰予不戕，礼则然矣。”统治者横征暴敛，专横跋扈，驱逐人们离开家园，房屋破败田园荒芜，他还宣称礼制如此，并非我要伤害你。“莱”，杂草遍野、荒芜之意，它的本义是一种叫作“藜”的野菜，也就是今天我们所说的灰菜。长满了灰菜的田地，自然是无人耕种而凋敝的。灰菜从古到今在中国很多地域都有生长，嫩芽和叶尖可食。但即使焯过水，它叶片上的灰色颗粒也让人觉得口感粗糙，并不可口。如若统治者再如此滥用民力、刚愎自用，百姓就要连灰菜也要吃不上了，日食已出，这是上天的警示啊。

《十月之交》以日食开篇，也写到“百川沸腾，山冢崒崩；高岸为谷，深谷为陵”这样惊心动魄的地震灾难场景。自然灾难与家国命运相联系的表述，不仅包含了当时人们对自然现象不解产生的迷信，也包含了人们对自然的敬畏之心。然而，对万物自然没有敬畏和爱惜之心的统治者，只拼命搜刮民脂民膏，完全不顾江山倾圮、社稷危亡。《十月之交》是几千年前一个小吏的怨刺与忧愤，而生逢乱世和暴政，历朝历代的怨刺与忧愤，莫不如是。

刚开始读《十月之交》时，我觉得这首诗歌中出现的灰菜特别突兀。但后来，渐渐觉得这好似电影长镜头中的神来之笔：暗色调的萧条之景中，杂乱生长着黯淡的植物，人们妻离子散，哭喊着走过那些原本丰茂的土地。如果日食、地震等异象仍不能唤醒暴戾的统治者，那就让屋角田埂的灰菜为这些流离失所、辗转悲辛做一个苦涩的见证吧。

视尔如荍

《诗经》中这样男女相悦的情诗真是一派天真烂漫，春意盎然。对自然万物的审美活泼天然，说情话也说出了新境界，不像现代人一说爱情就想到玫瑰这么俗气单调。不过，现代的女子是否会觉得『视尔如荍』这样的赞美受用呢？

曾有一个自诩“半专业”的摄影师朋友对我们说，女人最好不要与艳丽的花合影，那并不会显得人更娇美。看到花团锦簇恨不能扑上去的女人们当然是对这种观点嗤之以鼻了，什么叫“人比花俏”，你懂吗？不过，自从有一回我在锦葵花丛中败下阵来后，对他这句话有了一定的共鸣。

清代陈淏之在《花镜》中是这样描述锦葵的：“一名钱葵，一名荍。丛生，叶如葵。茎长六、七尺，花缀于枝，单瓣，小如钱，色粉红，上有紫缕纹。”这“小如钱”的花朵紧密簇生于茎秆，那阵仗可真不愧于“锦”字。人若是与其同框，立刻显出人脸的苍白与单薄。无怪乎在《诗经》中，情人眼里“视尔如荍”，我心爱的女子，锦葵花一样美好。

《诗经·国风·陈风·东门之枌》是一首欢快的男女相悦之歌，也是陈国当时俗世生活的一个乐章。“东门之枌，宛丘之栩。子仲之子，婆娑其下。”郊野上良木枝繁叶茂，美妙的女子在树影中婆娑起舞。《诗经》中有很多书写类似青年男女相会定情的篇章，多半是在春暖花开的时节。不仅是因为这个时节万物复苏，古有仲春二月到旷野墓地祭祀之礼，便于人们欢会，更有红男绿女“怀春”之意。在这样的良辰吉日，“縠旦于逝，越以鬷迈。视尔如荍，贻我握椒”，心如撞鹿的男子要赶快来到少女面前。心爱的姑娘啊，你像锦葵花一样的脸庞让人心驰神往，更让人喜悦的是，你赠我花椒束作为定情信物。

《诗经》中不仅把女子比作锦葵，还比作扶桑、荷花等，无一不是花姿丰美，色泽娇艳、生命力蓬勃，十分符合古人对美人的审美和想象。锦

葵抗寒耐寒，也特别适应沙质的土壤。我在内蒙古曾看到整根枝条上挤满粉色花的锦葵，立刻觉得“视尔如荍”所赞美的女人必然是一位泼辣又健美的女子。黄昏的光线中锦葵花随风轻颤，又让人想起庞德的诗句，“人群中的脸幽灵般闪现/湿漉漉的黑枝条上花瓣数点”。当然，庞德的诗句描写的是现代都市幽深而隔绝的地下铁，但此刻却与绚烂的锦葵形成强烈的参差和对比，这让人不禁联想起两千多年前的郊野上，锦葵该是多么耀眼别致。一如你从人群中走向我，只有你是最美的花束，唯一的光。

《诗经》中这样男女相悦的情诗真是一派天真烂漫，春意盎然。对自然万物的审美活泼天然，说情话也说出了新境界，不像现代人一说爱情就想到玫瑰这么俗气单调。不过，现代的女子是否会觉得“视尔如荍”这样的赞美受用呢？还是觉得锦葵这样的花过于粗放，不经修饰呢？毕竟，人们恋爱的场所，也从榆树柞树下转到了吹着冷气的咖啡馆。还有人告诫她们说，不要和鲜艳的花合影。

山有荆

只有荆条在渐凉的风中，无辜地摇曳着。很快，它就要凋谢、落叶，和北方的山脉融在一起。

夏末，在北方爬山，沿途看见许多开着小花的黄荆。正是黄荆的花期，淡紫色花穗让这种落叶灌木在郁绿的丛林中变得容易辨认。有朋友说下山时要折一些荆条带回家去。拿来做什么呢？答之曰教育小孩儿，不听话要打手心。虽有玩笑之嫌，但一石激起千层浪，这个年代还要以棍棒之道教育小孩，那绝对是不讨喜的，一路上其他友人七嘴八舌开始“声讨”那位友人的育儿之道。

荆条没有折，孩子在家到底有没有被打手心也不得而知。不过荆条作为刑杖（惩罚的象征）倒是古来有之，最著名的要数廉颇的“负荆请罪”。荆条绵韧耐折，不失为好的鞭笞之具。而在更早的《诗经》中，黄荆共出现过六次，基本都是作为柴薪，丝毫没有刑具之意。“绸缪束楚，三星在户”（《国风·唐风·绸缪》）、“扬之水，不流束楚”（《国风·王风·扬之水》），这里的“楚”指的就是荆条。成捆的荆条自然是用来做柴火，无论《绸缪》还是《扬之水》写的都是平民的生活和感情。《绸缪》中“今夕何夕，见此良人。子兮子兮，如此良人何”写的是世间平凡男女的情爱和欢愉，“绸缪束楚，三星在户”，即使是良辰美景，星辰远望，也要写到笃实的烟火。就像很多山里人家，屋外的柴垛码得多、码得整齐是家庭勤劳殷实的象征。“扬之水，不流束楚。彼其之子，不与我戍甫。怀哉怀哉，曷月予还归哉？”《扬之水》则是以戍边战士的口吻反复吟唱，表达对故乡的思念。荆条多产于中国北方，能在家乡打柴、和家人生活在一起是多么美好啊，远征的人看着寒风中的黄荆心中凄惶。无论是《绸缪》之

欢喜还是《扬之水》之哀凄，束荆表达的都是一份平实、安居的向往。按今天流行的鸡汤式翻译就是：一家人相亲相爱就要在一起吃很多很多顿饭。吃饭就得生火，生火就要上山砍荆条。这是古代中国人朴素的生活逻辑，也是日常之需。不像今天，我们一路上都在讨论教育孩子到底要不要胡萝卜加大棒、小孩是要放养还是圈养。比起“虎妈猫爸”到底有没有更好的家长模式，我们的烟火日常里，柴薪已经被其他方式取代，但荆条的古代寓意还是固化在中国人的思维里。

还有朋友开玩笑说，荆条不仅可以拿来打孩子，女士们还可以用来做成荆钗啊。确实，古代的贫妇用柔韧的枝条簪头发，丈夫们便谦称自己的妻子为“拙荆”。当代的女性不要说自己买花戴了，修炼成虎妈也是分分钟的事儿，对“拙荆”这样的称呼，她们肯定嗤之以鼻。这不，下山一路，又是一通混战。只有荆条在渐凉的风中，无辜地摇曳着。很快，它就要凋谢、落叶，和北方的山脉融在一起。

韭菜之味

吃过许许多多韭菜做成的食物，它们的味道何其相似，又是那么不同。

在北方吃饺子，总能吃到各种花样的馅儿。对于一个南方人而言，饺子馅儿无非韭菜猪肉、白菜芹菜加肉，也整不出太多的花来。而且我也总是固执地认为无论南方北方，最好吃的饺子馅儿就是韭菜猪肉。以前家里包饺子，母亲把摘好洗净的韭菜往砧板上一切，脆生生的气味就弥漫在厨房里。油绿的韭菜一小截一小截裹在猪肉末里，植物和动物的腥气相互砥砺包容，被绾在一起，蜷进面皮，成就了一个个饱满的饺子。当饺子们像白肚子的鱼一样浮在锅面上，孩子们已经眼巴巴看着它们跳到碗里来。一口咬下去，菜肉的生猛之气已经散去，只有熟美的口感。很快，餐桌上一片满足的啧啧声。吃饺子的乐趣自然还在于准备材料，一家人围坐细细擀皮、剁馅儿、包饺子说闲话的过程。

韭菜之鲜可不是现代人的发现，两千多年前的老祖宗们就以它作为祭祀的菜蔬。“四之日其蚤，献羔祭韭。”（《诗经·豳风·七月》）古代祭祀一般是正月或春日，这时候要用最鲜嫩的供品，韭菜不仅味美鲜嫩，还有“剪而复生”的长久之意。祭祀是追念，更是祈愿，祈求祖先护佑社稷昌盛子孙兴旺。作为祭品也说明了当时韭菜是珍贵的蔬菜，可不是普通人家随随便便就可以割来剁馅儿和炒来吃的。《诗经》中记述过许多贫民采摘的野菜，如果说那些草木是江湖之末的菜肴，那么韭菜该算是居庙堂之高的“正典菜蔬”了。

“夜雨剪春韭，新炊间黄粱”，杜甫诗中所写的韭菜跟今人的栽种一致，这种百合科多年生的宿根蔬菜，既抗寒又耐热，在全国很多地方都可

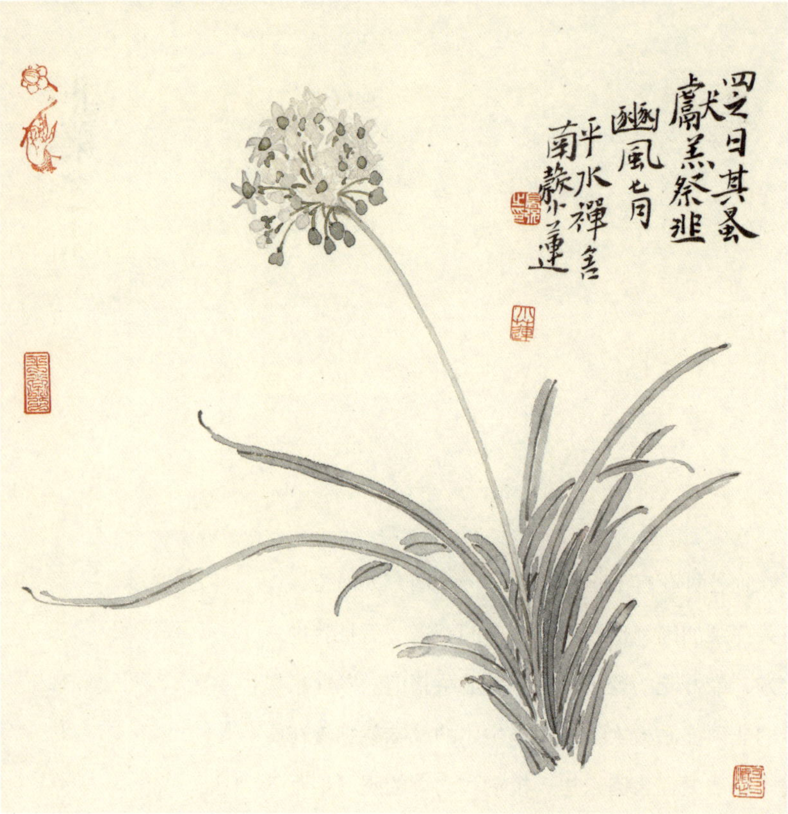

以广泛种植。而且在冷地方，可以盖在稻草底下，长成鲜嫩的韭黄。割一茬长一茬，就是形容春天的韭菜。春雨来时，如若不赶紧割下，很快就长老窜薹了，不过韭菜薹也是很好吃的。“韭”这个象形字已经很好地诠释了它在平坦的大地上生生不息的样子。

关于韭菜，我最留恋的味道却不是饺子馅。小时候外祖父带着我们擀碱水面，半干半湿的面条搁在篾箩里，垫着芭蕉叶盖着芭蕉叶。锅里的水沸着，我们积极添着柴火，好闻的锅水汽噗噗直冒。葱花新鲜盐巴新鲜，臊子也是新鲜的，是舅妈刚割回来的韭菜漂着肉末或鸡蛋。一碗碗的面盛上来，用筷子高高挑起，嘴吹着热气。大人们就要笑，这个姑娘唷，长大得走多远去啊，看那筷子捏得那么长……孩子们才不理会，稀里呼噜地吃着面喝着汤，也有孩子嚷嚷着不吃韭菜，要挑出来。想来，外祖父已经离开我们七年多了，不知道他是否知道我已经走过许许多多韭菜生长的土地，吃过许许多多韭菜做成的食物，它们的味道何其相似，又是那么不同。

山有蕨薇，吃还是不吃

至于后世关于《草虫》其实是『托男女情以写君臣念说』的『砖家』论调，我竟无言以对。就像当代的专家们为到底吃多少蕨菜会致癌而操碎了心。

老家有一句俗语，“师傅多了房子歪”，意思是说指手画脚的人太多，有人觉得梯子应该这样搭，有人觉得门柱应该那样立，还有人觉得不该弄雕花的窗框……最后房子会建得东倒西歪。我觉得这句话在信息爆炸的今天特别适用，举个最简单的例子，早先“专家”们说蕨菜不仅是粗纤维食物还具有纯天然的某某某营养成分，常吃蕨菜可以延缓衰老，所以蕨菜又被称为“长寿菜”“吉祥菜”。过了不长时间，朋友圈兴起，关于蕨菜致癌的“砖家文”又开始悄然流行，经常一副严肃的科普口吻：日本科学家已从蕨菜中分离出一种叫“原蕨苷”的物质，经过多年的动物实验表明原蕨苷确实是诱发某某症状的罪魁祸首。桌子上刚凉拌好一盘新春的蕨菜苔呢，你是吃还是不吃？专家多了食物很遭罪，中国式的养生学常常是自说自话、自相矛盾。特别是网络环境下，各种信息真真假假可比春天雨后的蕨菜蓬勃多了，连我妈这种爱吃山野蔬菜的老太太都转发少吃蕨菜之类的

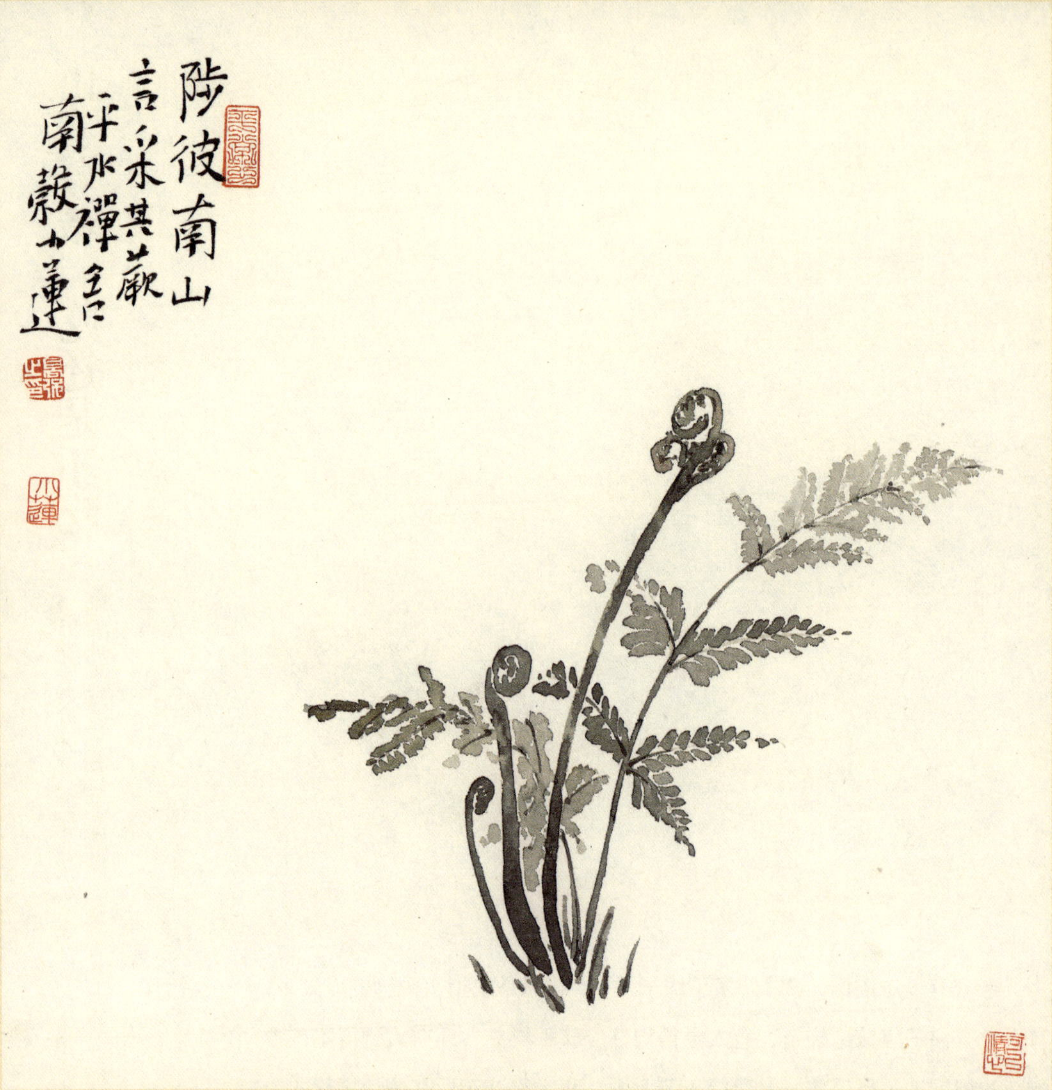
陟彼南山
言采其蕨

网文给我读。

要是根据这种养生指南啊，每天都得处在“房子歪”的无所适从中。最后，世界上的食物大概有两种不能吃：这也不能吃，那也不能吃。中国人爱吃蕨也不是一天两天了，《诗经·召南·草虫》中等待心上人的女子“陟彼南山，言采其蕨”，她上南山采蕨总不会是为了喂牲口或者做动物实验吧？可见两千多年前，老祖宗们已经把蕨菜当作食物，不过女子“未见君子，忧心惙惙”，她才不在意采到的蕨菜苔是嫩还是老，是苦还是甘。不过，肯定又有人要跳出来跟我说了：那么久远落后的时代人们怎么会认识到蕨菜有毒呢？我只能翻翻白眼，那既然都这个年代了，你为什么不捍卫别人就是爱吃毒草的自由呢？

那种生怕别人多食误食毒物而致命的人还是挺具备“先天下之忧而忧”的精神的，不过这种忧国忧民的精神在范仲淹老夫子那里却不是这样的。《山堂肆考》中曾记载了范仲淹当年在江淮为官，他向皇上进奉当地贫民所食的“乌昧草”，要求皇上向皇亲国戚文武大臣展示以遏止当时的奢靡风气。这贫穷人的“乌昧草”就是蕨菜。怎么样？近一千多年前人民的生计和今天关于致病与否的忧虑，是否也可以看作一部人类的食物进化论？蕨菜虽鲜，但味寡，今人只会作为餐桌的点缀，而“山有蕨薇”（《小雅·四月》）的古代贫民对山地赐予他们为数不多的食物应该异常珍惜，遑论其他。

至于后世关于《草虫》其实是“托男女情以写君臣念说”的“砖家”论调，我竟无言以对。就像当代的专家们为到底吃多少蕨菜会致癌而操碎了心。

凯风自南

相较于孟郊的《游子吟》，我以为《凯风》更为朴素深沉。和风自南吹拂，寒来暑往，酸枣幼苗发芽、抽叶、长成柴禾，母亲日日辛劳，养育子女。

母亲节将至，想给在老家的母亲寄一份礼物，挑来挑去不知选什么好。送衣服吧，怕腰身不合适，很多衣物非得上身才知道是否合身，特别是中年人。送首饰吧，母辈的审美和我们也是差异较大。送营养品保健品吧，选什么品牌又落入了选择困难症……这个年代，子女在外，父母成为空巢老人的家庭比比皆是。我们的挂念有时真的只能寄托于一份礼物、一个电话、一两周的年假的陪伴。我们像候鸟一样，回巢又飞离，很难真正体会和理解父母的心意，真是"有子七人，莫慰母心"啊。

感念母亲恩情的文学记载最著名的当数"谁言寸草心，报得三春晖"。而这感念自古有之，《诗经・邶风・凯风》中"凯风自南，吹彼棘心。棘心夭夭，母氏劬劳"，反复吟咏了母亲的辛劳和苦心，也感伤于有子七人，"母氏劳苦"却"莫慰母心"。相较于孟郊的《游子吟》，我以为《凯风》更为朴素深沉。和风自南吹拂，寒来暑往，酸枣幼苗发芽、抽叶、长成柴禾，母亲日日辛劳，养育子女。

《凯风》中出现的"棘"就是中国北方丘陵、山地均有生长的酸枣。这种野果在古代应该就广泛分布，光是在《诗经》中"棘"就出现了十一次之多。作为一个南方人，我第一次见到酸枣是在河南的乡村。某年国庆，跟随我的大学舍友去她老家度假，中原的丘陵蒙着秋日的薄雾，庄稼在田地里吐纳成熟的清气。家里有客，友人的母亲每天一大早就起身汲水和面，变魔术般每餐做出许多种花样的面食。等露水渐干，我们跟着她去摘柿子，高大的柿子树我望而生畏，阿姨却麻利地上树，用钩子钩下一袋又一袋橙

红的大柿子。我眯着眼仰头看着树上的母亲，觉得感伤：我们偶尔才会回到故乡，再过几年要是母亲爬不动树了，这些柿子是不是会变软、落到地上腐烂？傍晚，朋友带我穿过棉花地去小山坡散步，就看到沿途长满了带刺儿的酸枣树，如果不是酸枣的小果儿已经成熟变红，我也无法辨识出它们来。摘一粒喂进嘴中，干涩而酸，并没有野果饱满甜蜜的口感。再往山里走，酸枣树到处都是，在很多很多年前，这样的果实也是饥民果腹的食物。今天的酸枣也只有我这样的陌生来客对之好奇，乡村里年轻人基本外出做事，劳动力已经严重不足，院子里的枣子都快没人摘食，何况是酸涩的山间野果？

只有母亲还在辛勤劳作。我们离开河南前，友人母亲忙了大半夜，为我们做各种带在路上的吃食和可以储藏的家中特产。母亲的牵挂在一针一线、一饭一蔬之中，想到每次相聚分离，时常感到“莫慰母心”的伤怀。纵使我们知道，母氏圣善，她从来不要求子女的回报。

苦槠的诗

虽然每个世代都有自己的流（放）浪者，他们也许都吟唱着自己的流浪者之歌，但是，君子作歌，维以告哀 这样的悲恸过于深重，并不是每个世代都如此低回。也许只有那些永远回不到家乡的困苦的人，才会发出这样的哀告。

久居岭南，若不注意饮食又不经常运动，难免会感到身上“湿气”很重，容易疲乏、痰湿、睡不醒等，整个人处在亚健康的状态当中。老广东们就会苦口婆心劝你要“多饮汤”啦。也难怪，亚热带的季风气候，天气湿热，瘴疠之气颇重，在古代这里可是上好的流放和贬谪之地，岭南各处都收容过众多的文人官宦。他们在这里为官、生活，也在这片土地上留下过诸多诗句，像“罗浮山下四时春，卢橘杨梅次第新。日啖荔枝三百颗，不辞长作岭南人”这样流传后世的诗就是苏东坡当年流放惠州时所写。

古往今来，流放者或者流浪者，一般都是去往苦寒、艰辛之地。也不是人人都有苏东坡这样的襟怀，能以高洁的志趣超脱于贬谪发配之苦。在遥远的《诗经・小雅・四月》中，流浪者悲愤地写道：“君子作歌，维以告哀。”

“四月维夏，六月徂暑。先祖匪人，胡宁忍予？秋日凄凄，百卉具腓。乱离瘼矣，爰其适归？”酷暑难挨，秋日凄清，远离先祖之地，何时才能结束这样颠沛流离的生活？《四月》开篇就是这样的悲苦底色，随后再写到自己身处“相彼泉水，载清载浊”这样的地方，却无枝可依，心中愤懑也无人可诉。“山有蕨薇，隰有杞桋”，诗人在这里提到了四种植物：蕨菜、野豌豆、枸杞和苦槠。这四种植物都是山野贫瘠处生长的可食的植物，是穷人的口粮。前三种采其嫩叶，而最后一种采其果实。

“桋”，据考证应该是苦槠类的锥属乔木，可以长到 15 米那么高。这种乔木耐干旱也耐瘠薄，会结出像毛栗那样的坚果——槠栗，也叫作苦

槠子。古代，人们捡拾熟透的苦槠子也不是直接食用果腹，而是将其磨成粉面做成豆腐来充饥。也可以想象，四季轮转，依靠薄田、山野之物来维持生计，日子是多么的艰辛。苦槠树的木质很紧密，而且有弹性，在古代也常用来做车辋；而且，这种树木对土壤的适应性强，且具有深根性，在今天也被广泛种植，在荒山造林的很多山区、丘陵地带都能看到苦槠树。除却现实的功用，苦槠树叶枝繁茂、树影绰绰，也是上佳的风景树，很多寺庙、庭院都种植而供观赏。

今天，纵使秋日凄清，应该也不会再有《诗经》中那样饥馑的流浪者在树下捡拾苦槠子了。虽然每个世代都有自己的流（放）浪者，他们也许都吟唱着自己的流浪者之歌，但是，“君子作歌，维以告哀”这样的悲恸过于深重，并不是每个世代都如此低回。也许只有那些永远回不到家乡的困苦的人，才会发出这样的哀告。苦槠长在荒野，长在人工林场，长在庭园之间，都见证着每一代流浪者的足迹，他们都在各自的苦槠树下，写下了属于他们自己的诗行。

终朝有蓝

古人对颜色的理解和定义也十分雅致讲究。譬如『青』，古人以为它是『东方色』，『象物生时色也』，古人将这种颜色具化到从房屋的光亮处看见月夜天空的颜色。想想真是美妙，让人置身在一种场景中体会到颜色的温度、气息和质地。而『青出于蓝而胜于蓝』，就能明白蓝是比青更轻、更淡的颜色，大概就是天清气爽时天空的颜色。

在周遭被工业制品包围的今天，一小拨“纯天然无添加”的“手作”悄然兴起了。我的一个朋友就在老家院子里倒腾天然手工皂，自己提炼植物油，自己琢磨各种配方。还有朋友移居大理，教孩子们做手工，其中一项是手工扎染。大理白族的传统扎染工艺历史久远，今人学来也有模有样。蓝白相间的布匹晒在干净和暖的太阳底下，散发着板蓝根和蓝靛等天然染料的植物气息，确实是现代生活中的一股清流，让

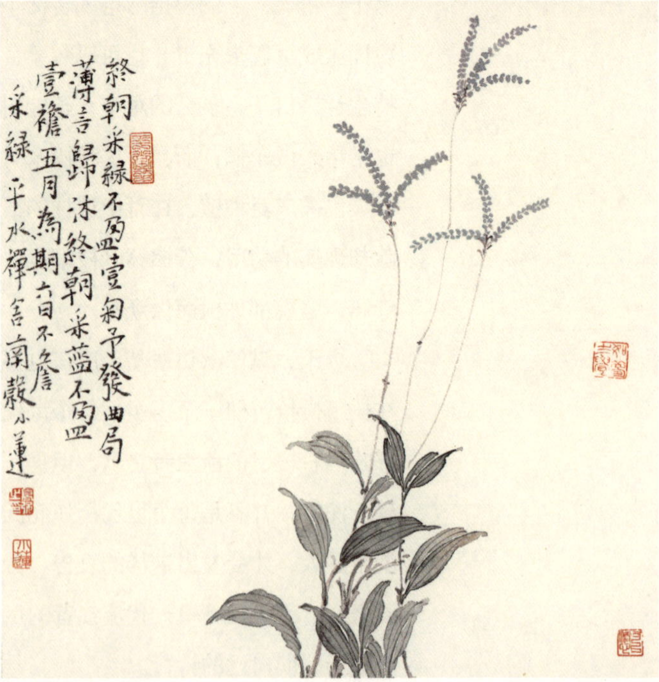

囿于城市的人有一种“复得返自然”之感。

以“蓝”作为染料，是古代人类智慧之一种。早在先秦时期，中国人就已经知道利用菘蓝来染色。《诗经·小雅·采绿》中“终朝采蓝，不盈一襜”中的“蓝”就是指用于制作靛蓝染料的菘蓝或蓼蓝。到了明代，《天工开物》中记录了制靛之蓝包括菘蓝、蓼蓝、马蓝、木蓝、苋蓝等许多含有靛质的植物，制靛的工艺也大为改进。

“终朝采绿，不盈一匊。予发曲局，薄言归沐。终朝采蓝，不盈一襜。五日为期，六日不詹。”《采绿》中留守在家的思妇，心事重重，采了整整一天的荩草和菘蓝，也没有采满一捧，更装不满衣兜。“绿”是用于染黄的植物，“蓝”则是制靛蓝的原料。想必在《诗经》时代，无论是纺织还是染色的工艺都还很粗陋，但是人们已然懂得了审美，知道从植物体内提取美好的颜色。我是一个博物馆爱好者，去任何一个地方，都喜欢去参观当地的博物馆。博物馆通常陈列一个民族工艺和审美的精华，更多的时候它展示着某些历史阶段人们日常生活的片段。许多古代的器物让人感慨，人类的祖先在艰难时日中，依然不忘审美的情志。在今天看来，就是在拥挤繁忙的俗常人世，我们能够被那些美的“小确幸”所牵动。“其钓维何？维鲂及鱮。维鲂及鱮，薄言观者”（《诗经·小雅·采绿》），那个外出久不归的人钓的是什么鱼呢？鳊鱼鲢鱼这么多。就是这样一种情思，让人幽怨，也让人心柔软，像是在一块粗麻布上染一抹温柔的靛蓝。

古人对颜色的理解和定义也十分雅致讲究。譬如“青”，古人以为它是“东方色”，“象物生时色也”。古人将这种颜色具化到从房屋的光亮处看见月夜天空的颜色。想想真是美妙，让人置身在一种场景中体会到颜色的温度、气息和质地。而“青出于蓝而胜于蓝”，就能明白蓝是比青更轻、更淡的颜色，大概就是天清气爽时天空的颜色。如果教孩子们扎染的老师，也能教他们理解这些颜色的转承变幻，让他们在自然时序中领会和定格那些美的瞬间，我想人们就不会失去一颗自然、向美之心，即使是在这个工业制蓝已经炉火纯青的消费时代。

丘中有李

桃李并列，我想恰好体现了中国人的审美观，艳丽中要有静雅、浓墨重彩处要有留白的淡泊，东方人的审美价值中含蓄、典雅总是要胜过全然的绽放。女子有德，也是同样的眼光。桃花间杂着李花，艳而不妖，才是令人称道的风度。

中秋前，去贵州出差，在餐桌上吃到一种紫色的李子。这种李子酸甜弹牙，透熟的汁液裹着舌头，让人顾不得其他辣菜的滋味。圆形餐桌上的水果盘每次转到我面前，就忍不住伸手拿两个。朋友笑我只需要一盘水果就打发了，又善意提醒我，李子伤脾胃，加之水土不服，恐怕不能多吃。这种劝诫在民间俗语中更加激进：“桃养人，杏伤人，李子树下埋死人。”果木中，桃李虽然经常被并列提及，但桃子的美誉度好像远远大过李子。连“艳若桃李”的声名中，灼灼桃花也是要绚烂过李花的。

李花基本是白色，开起来如大雪纷披于树，皑皑素净。若说桃花是妆容艳丽的美娇娘，那么李花就该是素颜的仕女了，内敛沉静，但也风姿摇曳，另有一种让人怦然心动的情致。“丘中有李，彼留之子。彼留之子，贻我佩玖”（《诗经·国风·王风·丘中有麻》），缓缓的山坡上长着一片李林，情郎有心，赠我美玉——多么美好的画面，想那和风吹着李林，

落英纷飞，就像落在胸间的定情信物。《丘中有麻》是一首相思之诗，写到长着大麻、麦子、李树的山坡，想必这里也是女子与她的爱人幽会的地方，这些草木见证了他们的爱情，也在时间的流转伴随着他们感情的深入。从李花缤纷到李子甜蜜，亲爱的情郎啊，何时可以长久在一起生活，不再这李林里张望和等待？后世有人认为这不仅仅是一首情诗，还是一首思贤之诗，这种说法未免有过度阐释之嫌，但思贤之情跟相思之情未尝没有相似之处。李花娴静，美人翘首，想必情郎或者贤者，都已快马加鞭在赶来的路上。

待从贵州返还，我还惦记着那种紫色的李子，后悔当时没有买一筐捎回家。问起贵州朋友，则云李子快要过季，这种紫色李不是贵州最好吃的，最好吃的那个品种一般七月上市，明年他会给我“空投”一些，又再次叮咛李子不宜多吃。“投之以桃，报之以李”（《周南·卷耳》），跟朋友玩笑说，那我是否该以桃子以礼回赠呢？

李在《诗经》中出现了四五次，大概有三次是跟桃一起出现。其中一处是“何彼秾矣，华如桃李！平王之孙，齐侯之子”（《国风·召南·何彼秾矣》），这是王姬出嫁的诗篇，热闹非凡，华丽雍容。桃李并列，我想恰好体现了中国人的审美观，艳丽中要有静雅、浓墨重彩处要有留白的淡泊。东方人的审美价值中含蓄、典雅总是要胜过全然的绽放。女子有德，也是同样的眼光。桃花间杂着李花，艳而不妖，才是令人称道的风度。

不过，桃李毕竟是两种不同的树木，要将两种美统一于一身，怕是人们的完美主义作祟。桃李不言，人们也只能选自己心仪的那一种吧。

蒹葭苍苍

『蒹葭采采，白露未已』，我心中无人可怀，只漫无目的地闲游，倒是与芦苇一样，没有了思想的阻碍。

前些年去台湾，在西门町的步行街闲逛，朋友指着一栋老建筑说："喏，那就是著名的西门红楼。"暗红色的菱形老房子，像是老剧院之类的建筑。朋友见我们淡淡瞅一眼并没有什么反应，接着说："这就是以前邓丽君唱歌的地方！"噢，邓丽君啊，原来这里曾盘旋过她甜美的歌声，那些缱绻柔情曾安慰过海峡两岸多少颗心呀！如今斯人已去，据说红楼变成了文创场馆，很难想象当年邓丽君在此吟唱"绿草苍苍，白雾茫茫，有位佳人，在水一方"时的盛景。绿草倒是依旧，溯流而上，莽莽苍苍。

邓丽君吟唱过的"绿草"，其实就是芦苇。这首《在水一方》完全就是《诗经·秦风·蒹葭》的白话版，"蒹葭苍苍，白露为霜。所谓伊人，在水一方"，茂密的芦苇水边长，我思念的人啊，在远方。芦苇在中国大地上极为普遍，以北方为胜，水泽之所，一望无际。风吹芦苇，芦花皑皑，摇曳翩然确实一如佳人的风姿。想想看，在宽阔的河畔，如果没有芦苇映衬，那风景该是多么单调。"谁谓河广？一苇杭之。谁谓宋远？跂予望之"（《国

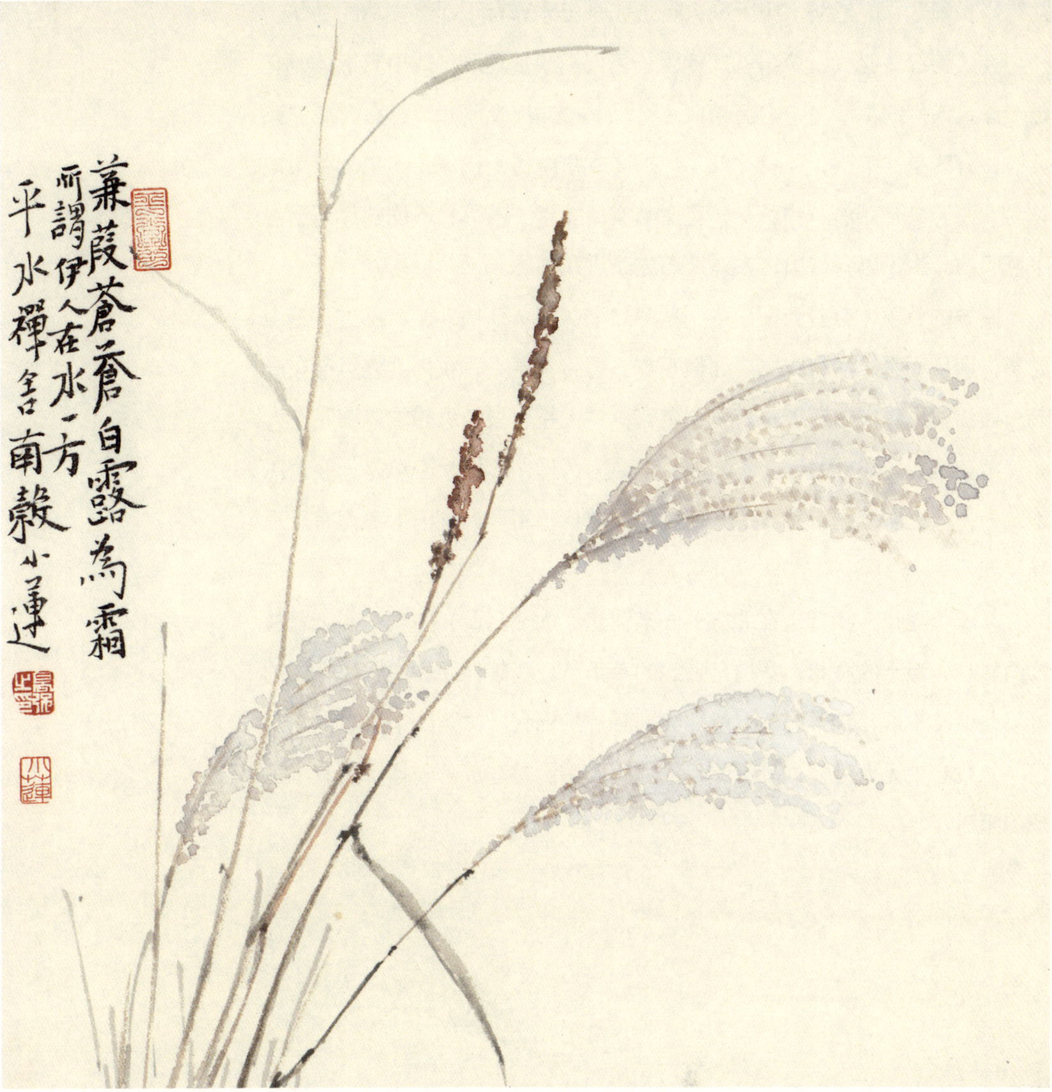

风·卫风·河广》），远游的宋人，归乡心切，眼望着宽广的黄河，欲以苇筏泅渡。在中国北方，芦苇大有用途，可以扎筏、编织成帘席、作为燃料……在战争年代，芦苇荡还是天然的掩护和屏障。在电影《百鸟朝凤》中，唢呐匠的学徒苦练肺活量的第一招就是在河水边用芦苇秆练吸水，从短秆儿练到长秆儿，能把河水吸上来，嘴上和丹田才算有了吹响唢呐的劲儿。

在《诗经》时代，芦苇就广泛生长，人们或赏其风华或用其形体，它已经深入人们的生活之中。芦苇在《诗经》中共出现了六次，有时叫“蒹葭”，有时是“苇”，还有“葭”。据《本草纲目》记载，初生的芦苇被称为“葭”，开花前是“芦”，花谢结实后才是“苇”；不同的称谓涵盖了芦苇的一生，也看得出古人对芦苇之亲近和熟悉。

南方的芦苇，有些长在山中。秋冬之季，苇草渐枯，微风拂过，遍山瑟瑟，别是一番冷清和寂寞。无怪乎古人总将苇草。”和怀人之思连在一起。而法国思想家帕斯卡尔有一句名言：“人是一根能思想的芦苇”。人和芦苇在这颗星球上的存在不知哪一个更为久远，不过人类总是一厢情愿地认为，人之所以比自然界的其他生命体更卓尔不群，是因为我们有思想和灵魂。

某一个夏夜，我行走在北方的一条河边，水流潺潺，空气中混杂着植物的气息和湿土的腥味，身边是苍绿的芦苇丛。我想伸手去捋一捋它们的叶子，但又不敢，我早已领教过那柔韧叶片的锋利。“蒹葭采采，白露未已”，我心中无人可怀，只漫无目的地闲游，倒是与芦苇一样，没有了思想的阻碍。

吃萝卜，不长怨妇

怨妇们大概应该学一学萝卜，长点心吃起来会笃实很多——当然，这是玩笑话了。

凡是有过久咳不愈经历的人，我想都有一箩筐偏方。什么盐蒸橙子啦，橄榄炖猪肺啦，老蜂蜜渍白萝卜啦……止咳效果怎么样，当然是个人有个人的体会，我觉得萝卜浸蜂蜜倒是好吃的零嘴，算不得一剂药。但在古代，萝卜确实是首先用于医药，《本草衍义》中还有记载："莱菔根、服地黄、何首乌人食之，则令人髭发白。"莱菔，就是萝卜，地黄和萝卜同食会使头发变白，这个听起来颇有魔幻色彩，不知真实与否，我也不想乱做小白鼠。

不过萝卜更多的是作为一种蔬菜存在于人们的生活中。《诗经·邶风·谷风》中"采葑采菲，无以下体"里的"菲"就是萝卜。在古代，萝卜又叫作莱菔、芦葩、楚菘等，听起来风雅是风雅，但还是不如今天的"萝卜"，感觉就像"扑通"一声从泥土里拽出一个大白胖子来，拔一个萝卜露一个坑。

不管是做药材还是蔬菜，我们吃的都是萝卜储存营养而膨大的根茎。萝卜是两年生的植物，它用第一年的时间在贮藏根存储养分，为来年开花结子做准备。第二年春天，它很快抽薹开花，这时候它的根就是名副其实的"花心大萝卜"，空心而发虚，吃起来糙糙的。春天，赏赏萝卜的十字花还不错，白色紫色，高低乱蹿。要不人们怎么常说"冬吃萝卜夏吃姜，不用医生开药方"呢，冬天才是吃它脆生生的根的好时候。萝卜很容易存储，所以北方冬天经常能吃到各种食物炖萝卜。岭南人也爱吃萝卜炖牛杂，牛肉老火汤里滚过的萝卜，但凡有一点植物的辛辣气也被裹进了肉汤的圆融里，咬一口下去是烂熟的香糯，让人顿觉人间烟火气的美好。

想必《谷风》中的女子是没有心思体会这样一口美食的慰藉的。"我

有旨蓄，亦以御冬”，本想有足够的贮藏御冬，无奈那个曾发誓要携手终老的人已弃我而去。这是一首典型的弃妇诗，通篇历数丈夫抛弃她的心酸苦楚。讲真，古往今来，快乐的女人各有各的不同，但怨妇基本是一样的。她们的控诉和幽怨基本是围绕着一个主题：我付出了那么多，你是这么地忘恩负义！忘恩负义这件事嘛，古人也说过了，“仗义每从屠狗辈，负心多是读书人”。此话相当偏颇，但是理总是没有跑太偏，你相信一个人，不是从“德音”的角度，却愿意把全部身心都托付于他，那就要承担他可能会有“不我屑以”的一天。

怨妇们大概应该学一学萝卜，长点心吃起来会笃实很多——当然，这是玩笑话了。关于萝卜的吃法，听说有一道叫作“东坡羹”的菜，说是把萝卜捣碎，加上白米面烹煮。具体是什么味道，不得而知，还没有口福。我还听说爱吃的人一般不会沦为怨妇——我说的，不要相信。

落梅如解意

《摽有梅》中的女子的可爱之处就在于她完全忽略了收成的欣喜，只在梅子逐渐落光的过程中感到时光仓促，自己还没有郎君相伴。

自从互联网兴起之后，网民的造词能力日新月异，几天不上网就会变成“文盲”。最近有一个词又开始风行，叫作“活久见”。好在这个词虽硬造但不难懂，在这世上活久了果真很多奇异的事情都能见到：这不，2016 年伊始，岭南人民就被一场小雪点着了，奔走相告欢呼雀跃，兴奋之情难以言表。确实啊，在亚热带季风性气候的南国要见到雪那得活多久，据史料记载，上次广州落雪是民国十八年（1929 年），也就是说这片土地已经焦灼地等待了近百年才再次见到细小的雪花。

火炉新醅酒是雪天的标配；此外，在东方古典的情致中，雪天最宜踏雪寻梅。可惜广东的雪花只是粉灰一样象征性地撒了撒，迎雪访梅就更困难了，偏远的山野才会见着零星的白梅。踏雪赏梅这种雅事还是得往北边走，要不然怎能体现红梅于霜雪中傲立的高洁之姿、文人雅客怎么将其引

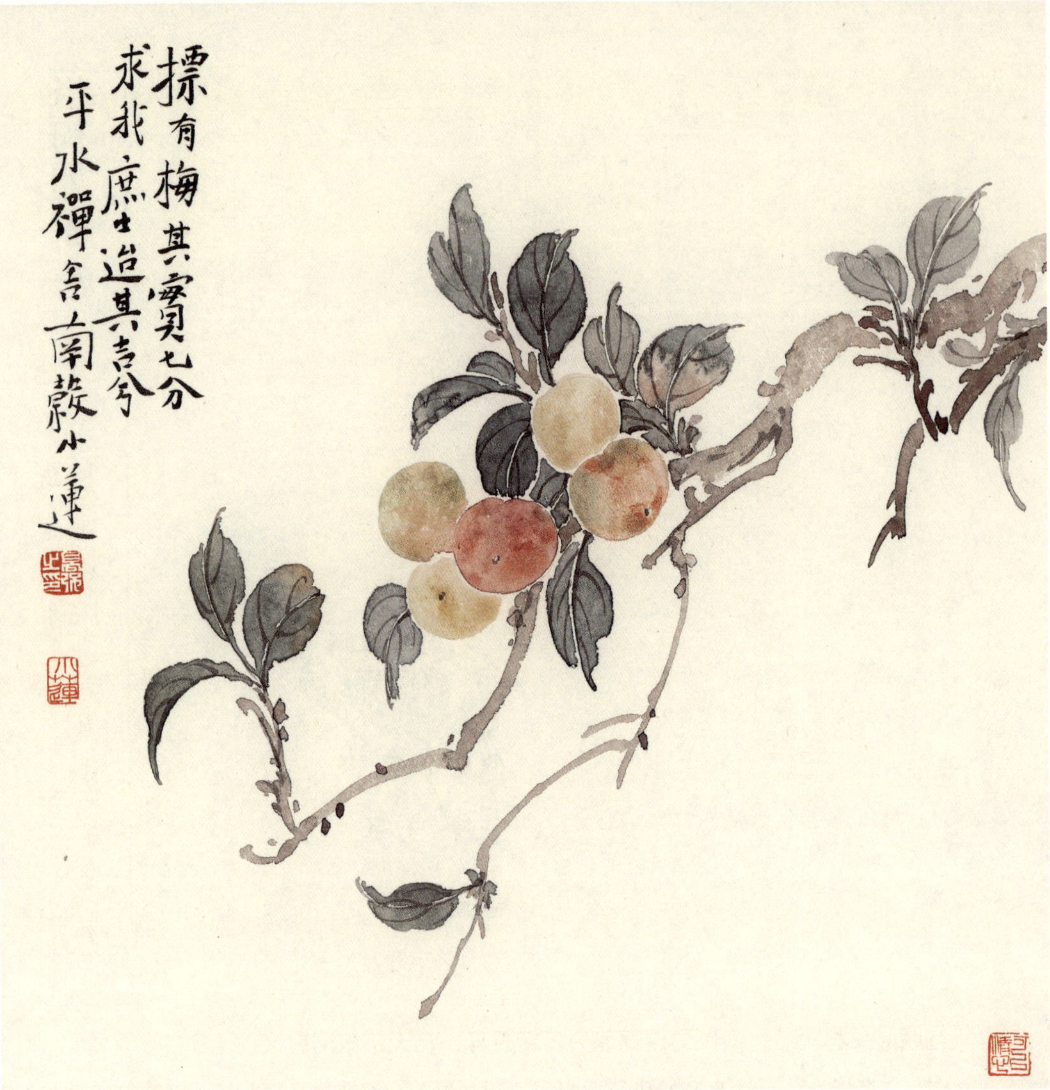

为岁寒之友？

不过，赏梅的风气是从汉代才开始的。《诗经》中关于梅的书写着墨最多的是《摽有梅》，看着梅子掉落，树下的女子念想的是“求我庶士”。梅子熟透、渐次坠落，通篇都是女子思嫁的活泼心事，但通篇均未提及梅花如何开落。在农耕渔猎的初级阶段，人们的生活秩序主要在于满足饮食之欲、生存之必需。梅子主要用于酿造成醋或酒。记得小时候外婆家房前屋后全是梅树，但我完全不记得梅花如何繁茂凋零，只记得果实累累的时候亲人们如何采摘、如何售卖或使其发酵，因为那是人们劳作的核心——为了收获而不是审美。

《摽有梅》中的女子的可爱之处就在于她完全忽略了收成的欣喜，只在梅子逐渐落光的过程中感到时光仓促，自己还没有郎君相伴。《诗经》的可爱也在于此。无论身处贫寒或是艰辛，女性不曾压抑内心对爱情的渴望，“求我庶士，迨其吉兮”，大胆热烈向往和召唤，显出一种未受教化和未被男权倾轧的清洁健康之美。这时候人们的审美还未进化到只赏玩而不考虑饮食的功用。待到人们有闲情逸致，开始把目光从果实转向花朵的时候，梅花不仅被赋予了清寒自守的人格志趣，还拥有了“江南无所有，聊赠一枝春”的含蓄和淡然。淡泊也是好的，但生生缺了数着梅子落，心上人还不来的颟顸炽烈，感觉时光一下子把人抛向了暮年的持重，美则美矣，到底缺乏一点温热。

后世的女子想要吸引爱人，就得像《甄嬛传》里的甄嬛，不仅懂得踏雪寻梅的逸致，还要吟得“朔风如解意，容易莫摧残”的诗句。爱情哪有这么容易，谁说拼颜值就够了？不知千年前召南的那个女子最后有没有等来自己的心上人，没有开口求爱的人会不会后悔。而这世上大多数的人，“想起一生中后悔的事 / 梅花便落满了南山”。

蔓菁

《诗经》中的幽怨，不成熟的蔓菁般苦涩的恋情，依然在大地上流转。太阳底下并无新事，难道不是吗？千百年来，我们对蔓菁的吃法也并没有更多的创新。

我对蔓菁的记忆是苦涩而难以咀嚼的，像冬日山坳中阴冷的黑夜，回潮的腥气从羊圈里溢出来。小时候跟亲戚去山里人家，主人从湿漉漉的山林里赶回羊群，蓑衣上还一个劲滴着水。往黑黢黢的火塘里堆上柴火，随着火苗跳荡，屋子慢慢暖和起来。主人割下一块腊肉丢进锅灰很厚的铁锅里，待肉香味沸腾开来，再从房梁上摘下穿在铁丝上的蔓菁干片，捋一把撒进水汽腾腾的锅里。

这是山里人家最好的款待。这个时令菜蔬极少，大地在冬季的封冻中也停止了它的供给，采菌子、烧蜂蛹是其他季节的独享。蔓菁干片煮熟了盛在碗里，任是与肉糜同煮，依然是不易咀嚼的韧和涩。不像新鲜的蔓菁根茎是脆生生、水灵灵的，但是十分“刮油”，吃多了会伤肠胃。倒是晾晒干了穿在房梁上，作为菜蔬匮乏时的补给更适宜。

在《诗经》里，蔓菁的名字叫作“葑”，是在封冻的时候探出头来的草棵。“习习谷风，以阴以雨。黾勉同心，不宜有怒。采葑采菲，无以下体？德音莫违，及尔同死”（《国风·邶风·谷风》），诗里说采来蔓菁与萝卜，却把根茎抛弃掉。这是一个弃妇的哀怨之词，控诉男子喜新厌旧、薄情寡义。“我有旨蓄，亦以御冬”，从这一句来看，“采葑采菲”，是为了存储冬天的蔬菜。萝卜和蔓菁的肉质块根能储藏大量水分，可以保存很长时间，很多人将其放置在地窖中作为冬天的菜蔬。也有像小时候吃过的那样，将其切成薄片晒干存储。

蔓菁和萝卜都是十字花科的植物，在我们国家的种植历史十分悠久，

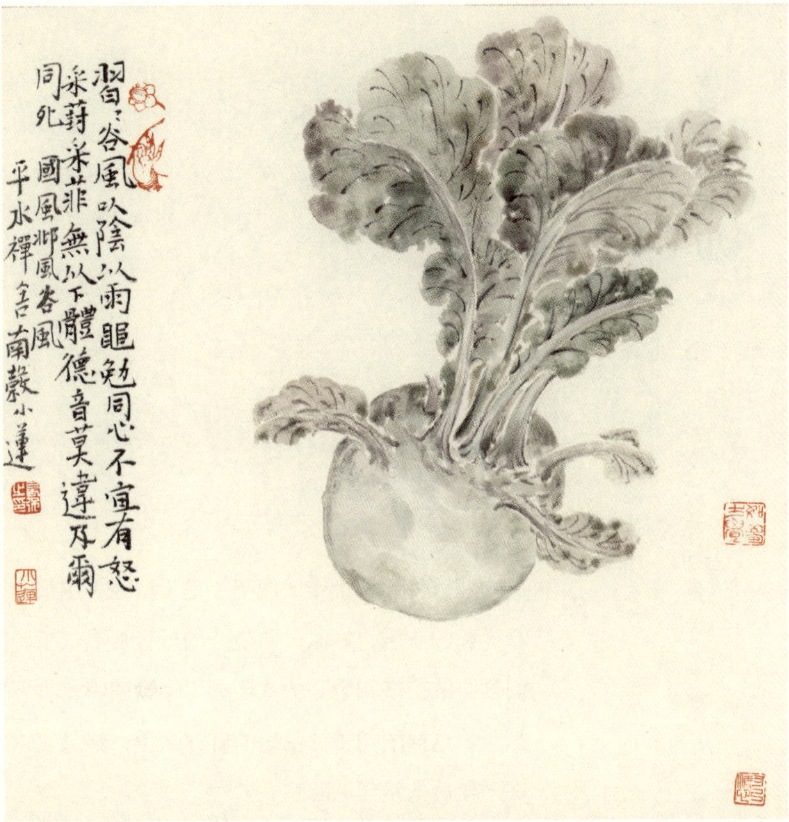

吃法也很多。古代的美食家苏东坡曾有诗云，“蔓菁宿根已生叶，韭芽戴土拳如减，烂蒸香穿白鱼肥，醉点青蒿凉饼滑”，这是《春菜》中提到的蔓菁，他创造的“东坡羹”的食材中就少不了新鲜的蔓菁。舌尖上的美味，不仅是人们生活情致、生活智慧的体现，也是为物质匮乏所迫，把一种食物吃出很多花样，才足以挨过阴冷的冬天，和万物尚未收获的时日。而在地底下慢慢生发孕育的蔓菁，有不圆熟的生涩和辛辣，也有霜冻后的甘甜。记起我小时候去过的山村，那里气候寒冷、地质贫瘠，但盛产土豆和蔓菁。收获的季节，家家户户的屋檐底下都堆满了小山似的土豆和蔓菁，但这是最廉价最不方便运输的食物，无法运送到远处的市集。长得不好的拿来喂牲口，好点的呢，人们吃一些藏一些，选出种子，等待着，用于明年的播种。

周而复始的不仅是四季，还有人世的离合悲欢。《诗经》中的幽怨，不成熟的蔓菁般苦涩的恋情，依然在大地上流转。太阳底下并无新事，难道不是吗？千百年来，我们对蔓菁的吃法也并没有更多的创新。

蔓苇无用

想到那远古的原野，蔓苇多么丰盛而自足，鹿群缓缓涉水而过，它们低头啃噬着蒿草蔓苇，抬头，是乐声中流连的静好的山河。

窃以为，《小雅·鹿鸣》是《诗经》中最令人愉悦的篇章，通篇洋溢着祥和的欢乐，好似一曲曼妙的乐音从热气喧腾的宴会上传来，夹杂着人们倾心的交谈和会心的欢笑。“呦呦鹿鸣，食野之苹。我有嘉宾，鼓瑟吹笙”，这样的句子让汉语的音律之美，穿过宴饮之乐，穿过古人的生活，在千年后依然琤瑽回响。

鹿群呦呦，原野上长满蒿草。举座尽是嘉宾君子，共享美酒欢歌。按照朱熹《诗集传》中的说法，《鹿鸣》原本是周王宴请群臣时所作的乐歌，后来逐渐传播到民间，在乡人的宴会也可以传唱。东汉末年曹操还把此诗的前四句直接用在他的《短歌行》中，后世也一再吟咏，可见此诗的影响深远。《鹿鸣》通篇弥漫着热情、祥和的气氛和由衷的欢乐。这是盛世才会有的场景，没有曹操“对酒当歌，人生几何！譬如朝露，去日苦多”的忧思，而是全然的放松、自信和充盈。

鹿鸣呦呦，在肥沃的原野上啃吃蒿草和蔓苇。“苹”和“蒿”都是指柔嫩的蒿类植物，是食草动物喜食的植物。而“呦呦鹿鸣，食野之芩”的“芩”则是指与芦苇同属的蔓苇。它“茎如钗，叶如竹”，和芦苇一样，在秋天开白花，远望去与荻花无异”也是牛马等动物喜食的草木。虽然“芩”与“苹”“蒿”同列于《鹿鸣》这样的欢歌之中，但它也仅仅只在这一首乐歌中露了露脸，在《诗经》的其他篇目中便遍寻不着；在其他草本书目中，也几乎找不见“芩”的身影，它可以算是古典文献中“最受冷落的植物”之一吧。为什么这种动物喜食、身姿也清秀的野草不被人记录呢？我

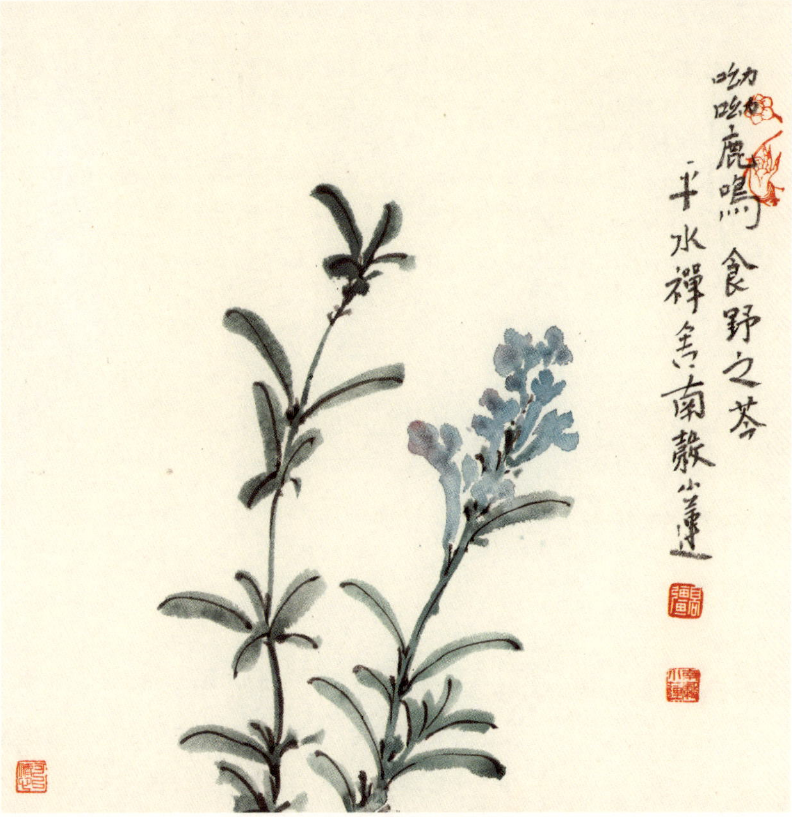

想大概是因为它的“无用”。因为蔓苇既不能作为菜蔬，也没有什么药用价值，特别是在“众草皆可食”的远古农耕时代，这样一种没有实际功用的野草，实在是无足挂齿。蔓苇出现在《鹿鸣》中，倒是一个极有意思的隐喻。仓廪实而知礼节，人只有在超越了生计的困扰之后，才可以专心享受一些“无用之物”的美妙，比如音乐，比如艺术，比如不可采食也不可入药的蔓苇。所以，单纯的“和乐且湛”，单纯的享乐和审美，都是在超越了生存焦虑的状态下，精神层面的更高要求和需要。“无用之物”的力量和美，也只有在这些时候会被注视和聆听。

看到蔓苇成熟时的苇秆和花穗，会想到日式的插花，我觉得它是很理想的花材。一枝而知秋的寂静和山野之味，又不至于过分萧索。想到在两千多年前，它还在周王的宴会上被唱到；想到那远古的原野，蔓苇多么丰盛而自足，鹿群缓缓涉水而过，它们低头啃噬着蒿草蔓苇，抬头，是乐声中流连的静好山河。

菅草白华

人心的停顿、游走、躲藏才是最难捉摸的，这其中的爱憎、怨尤、不甘、徘徊和苦楚就是数千年都不可能被进化成其他的真心。

“白华菅兮，白茅束兮。之子之远，俾我独兮。英英白云，露彼菅茅。天步艰难，之子不犹。”（《诗经·小雅·白华》）菅草深深白花美，白茅裹束赠予人。如今他已去远方，留我一人守空房。浓云薄雾皆缥缈，亲泽菅草与茅草。我的命运艰难啊，人还不如云露好——怎么样，比起动不动就人肉、在网络上开骂的现代人，古代怨妇的倾诉是不是比较优美和高级？白雾甘露，菅草如霜，我们的爱情啊，也曾似这象征纯洁、忠贞的草木，遍野漫山。折下一束粉白浪漫的芒花，作为无瑕的信物和托付。然而，如今人去山空，音信杳杳，徒留哀伤。

菅，“草菅人命”的“菅”，也就是抗旱耐寒、生命力极强的芒草；多年生草本植物，遍迹热带、亚热带和温带诸多地区。它的根茎似芦苇，可以长到两三米，深秋时粉白的花穗纷披于茎端，有如轻薄的初雪。李贺的《箜篌引》中有“床有菅席，盘有鱼”之句，菅席就是指用菅草编制的席子。菅草的茎叶在水中浸泡后，会变得柔韧结实，容易编织成绳索，古人也常用它来打草鞋。在古代，菅草不过是旷野荒地中的杂草，侵入田地的话就要连根拔除，所以也才有“草菅人命”的说法，就像处理杂草一样轻易地践踏人命。不过，在今天，芒草在世界上被视为一种颇有前景的能源作物，较之于其他能源作物，芒草生物质产量高，矿物质含

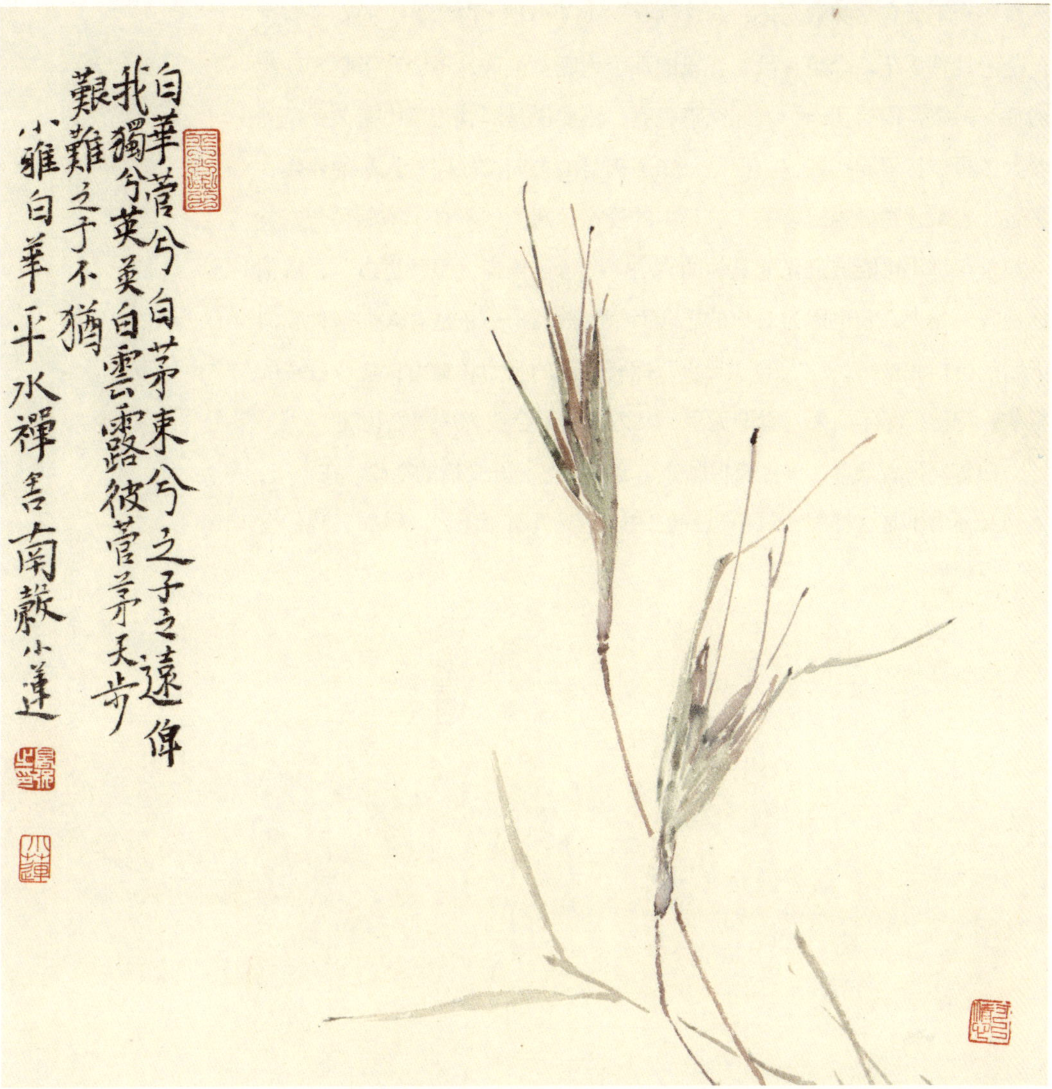

量低。而且，它是一种非常环保的能源，燃烧充分的芒草没有有害气体释放，有利于缓解全球的温室效应。还有，芒草实在是易于栽种、便于收割，据说国外的科学家还杂交出了防病虫害的高质量芒草。数千年前的人怎么也想不到，自己费尽心机想要铲除的杂草，日后会被人大面积悉心栽培。

还会不会有“啸歌伤怀，念彼硕人”（《小雅·白华》）的女子穿过茫茫一片菅草花，念想着没有音讯的那个人呢？也许是不会有了吧。现代的社交网络，很难让一个人凭空消失啊，不要说是隔着芒草山峦，就是隔着大洋星球，都能找到你。但是，知道肉身的去向又如何？人心的停顿、游走、躲藏才是最难捉摸的，这其中的爱憎、怨尤、不甘、徘徊和苦楚就是数千年都不可能被进化成其他的真心。“念子懆懆，视我迈迈”，哪怕你视我为路人，我也因为对你的思念而饱受煎熬——正是有人类这种看似无用的感情和情绪，让人的“天步”拥有饱满的张力和魅力；就像芒草的根茎、花穗，年年枯荣，看似无用，又怎知它不会成为珍贵之物呢？

白露润泽着芒草，日日长相厮守，是古人对美好爱情的期盼。在今天，人们又何尝不是这样呢？只不过我们的表达更具有想象力。譬如，我们发明了视频通话。

木瓜之礼

你喜酸味，送之木瓜；你好美玉，赠以琼瑶。又或者，可以反过来思量：我最珍贵的只有木瓜，我将其送给了你，亦足以表达我对你的珍视。

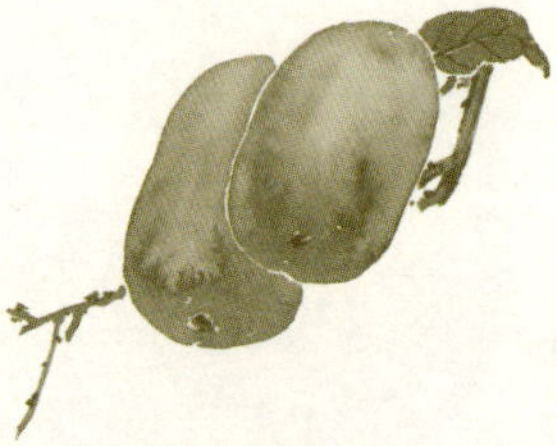

年关已近，轰轰烈烈的春运又开始进入高潮，大批中国人不是在老家就是在回老家的路上——这真是一道非常独特的中国风景，人们像候鸟一样在这个国度做一年一度的大规模迁徙。一年到头，人们的行囊都很沉，大包小包，里面放着年货、给老人孩子亲戚朋友的礼物。中国人的“年味儿”也就从这些风尘仆仆又热气腾腾的归乡大军中渐渐挥发出来。

过年了，免不了要亲朋好友各处走动，相互送点年货。礼尚往来是中国人表达心意、维系感情的方式。无关乎礼物的贵贱，古人说了，“千里送鸿毛，礼轻情意重”。易礼的传统可是早有来头，《诗经》中“投我以木瓜，报之以琼琚”就表达了人们以物表达情意的方式。《诗经》中的木瓜可不是今天的亚热带番木瓜，而是蔷薇科的落叶小乔木，果实坚硬酸涩。至于为什么要赠人以木瓜呢，我猜想其时木瓜属于平常之物，用以衬托回赠之礼琼琚的珍稀。然而，木瓜、琼琚不过是一种象征和比拟，

为的是表达赠人以微物报之以珍宝，这是对情谊何等的重视。

宋代时，朱熹曾把该诗解读为“男女相赠答之词”，大大缩小了人情往来的范畴，认为是年轻男女之间表达爱慕的应和。我却认为包括《诗经》中“投桃报李”这样的“相赠答”应该有更广阔的人际视野。《诗经》的“思无邪”莫过于“活泼、自然”，人与人之间的赠答美意除了男女之情，还有亲情、友谊甚至陌生人的善意。记得我曾经收到一份陌生人的礼物，用钢笔抄写了满满一本我的诗作，字迹遒劲俊秀。附信说，无意中得到过我的一本诗集，在他父亲病重的医院长廊上，那漫漫长夜我的诗句曾给过他些许安慰。这似琼琚的赠礼让我感到受之有愧，作为写作者又感到一种安慰。也许礼物的意义在于呼应，很多我们难以言表的情绪、感情都以礼物的方式来呈现。写作在某种程度上是作者献给世界的一份礼物，只是我们不知道它会去到哪些需要它的心灵那里。有赠答有呼应，礼物的价值才真正显示出来，男女之情也好，亲友之谊也好，都通过这样的往来呼应得以加深、延续。

身边曾有个女性朋友不确定某男士是否在意她，一位朋友问她，该男士每次见她是否带礼物。我当时听之不屑，但深思却以为然。不管是平常如木瓜之物，还是珍贵如琼琚，礼物表达的是一个人在对方心目中的重量。恋爱中的女子经常会织毛衣围巾给心上人，古时候的女子则绣荷包缝衣物，那千针万线的心意远比无数句情话更绵密踏实。选一份礼物的用心也恰是对一个人的理解和体谅：譬如，你喜酸味，送之木瓜；你好美玉，赠以琼瑶。又或者，可以反过来思量：我最珍贵的只有木瓜，我将其送给了你，亦足以表达我对你的珍视。

所有赠答呼应，都是为了“永以为好”。这种对人间世情的珍惜祈愿，就像中国人对过年的看重，哪怕迢迢千里哪怕寒风凛冽，只要踏上回家的路，就是一份温暖的礼物。

墙有茨

现实生活中也经常听说有人因为传闻或不实之词而彼此误会、关系崩坏。人心的蒺藜，可以让原本平整的高墙生出隙缝，它带着暗处的根须，也带着撩人的细刺。

法国学者让—诺埃尔·卡普费雷有一本著作，名叫《谣言：世界最古老的传媒》，光是看这个书名就让人浮想联翩。确实，人类这种社会动物，自古就要靠流言蜚语、耳食之言来打发群居生活的闲暇和寂寞。微博微信新媒体空前发达的今天犹是如此，借助网络强大的传播力，耸人听闻的谣言或信息好似洪水猛兽，一下子就全球皆知了。平日里，上“热搜”的话题通常是明星绯闻啊、某某内幕等话题，人人都有一颗八卦的心，此言不虚。不要说近些年大热的国内宫斗剧，美剧中也有《绯闻女孩》（Gossip Girl）啊；远在《诗经》时代，我们还有《墙有茨》呢。

“墙有茨，不可埽也。中冓之言，不可道也。所可道也，言之丑也”（《国风·鄘风·墙有茨》），墙上的蒺藜怎么也清除不干净，宫中的秘密，可真让人说不出口啊，那些传闻是那般不堪入耳。可是，纵使蒺藜有刺，让人欲除之而后快，但它的生命力却十分旺盛。传闻不堪，也挡不住人们窃窃私语，争相传递，愈描愈黑。《墙有茨》，有学者认为暗示的是齐女宣姜与庶子通奸的宫闱淫乱之事,但诗中却始终对所讽之事不置一词。诗中一叠三叹，均是“不可道”“不可详”“不可读”，让人感到那些宫墙之下嚼舌根的人一面对所言之事唾弃嫌恶，另一方面又按捺不住添油加醋的兴奋之色。众多的宫廷秘史和野史也就是在这种口耳相传中丰富了人性的复杂深邃，也颠覆了那些看起来庄严华贵的外相。

闲言碎语也好，小道消息也好，就像“茨”，有刺，不可以登堂入室，却在阴暗处肆意生长，浇灌它的有人性深处的猎奇之心，也有一些叵测的

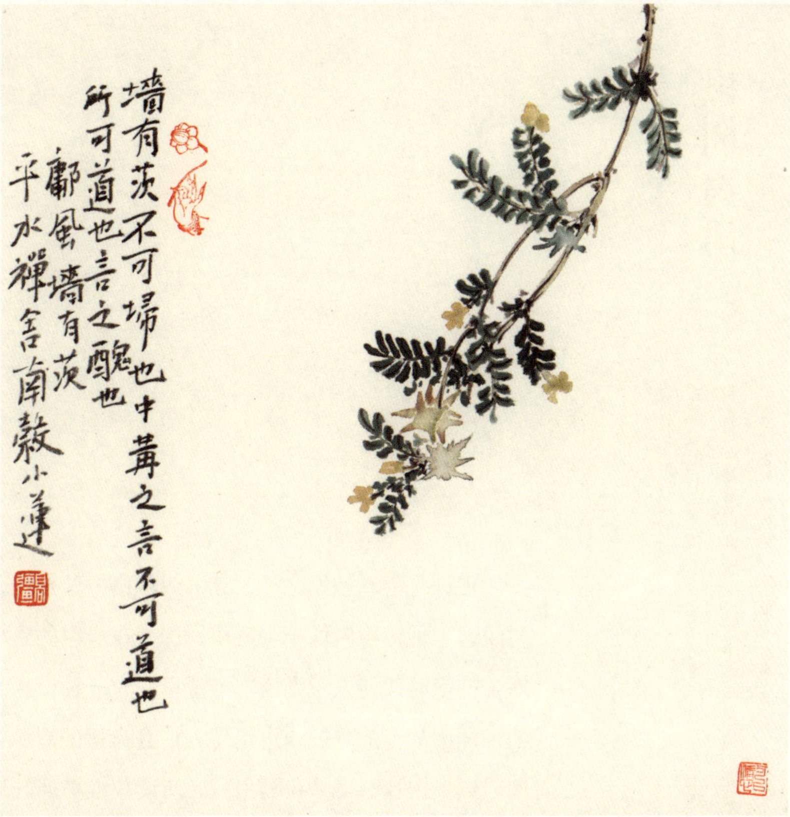

居心。《诗经》中，“茨”一共出现过两次。在《小雅·楚茨》中，“茨”依然是亟待铲除的恶草，“楚楚者茨，言抽其棘，自昔何为？我艺黍稷”。但即便是人有意无意地想清除它的棘刺，它依然繁衍不息。在古代的长安蒺藜生长繁茂，所以有“人行多着木屐”这样的记载，赤脚踩到它坚硬的刺果会使人遭遇伤害，如同风言风语同样具有杀伤性。后世也常把“茨”比喻为“小人”“不祥之事”。

记得小时候很多人都玩过一个游戏，就是人们低声耳语传递一句话，从第一个人到最后一个人，到最后那句话往往面目全非。现实生活中也经常听说有人因为传闻或不实之词而彼此误会、关系崩坏。人心的蒺藜，可以让原本平整的高墙生出缝隙，它带着暗处的根须，也带着撩人的细刺。

《诗经·郑风·将仲子》中曾有言：“人之多言，亦可畏也。”无数年后，上海滩的一代名伶阮玲玉留下“人言可畏”四个字，香消玉殒。如今想来，这四字，仍像蒺藜一样扎心。

楸树离离

在遥远的瑞典，诗人特朗斯特罗姆也这样写道：『北方的风暴／正是楸树的果子，成熟的季节／在黑暗中醒着／能听见橡树上空的星宿／在厩中跺脚。』这楸树的风暴，这冷寂的北方，也正是人类命途中的夜晚，有黑暗也有露水，还有让人感到慰藉的树影和花冠。

也许是喜欢植物之故，读书时就格外留意出现各种植物的段落。很多时候，一种植物就像一个密码，深嵌在作家的生命当中。在俄国（今俄罗斯）白银时代诗人茨维塔耶娃那里，有一种植物经常出现，它既是诗人漂泊生涯中故乡的象征，也是诗人自身命运的写照："红艳的果穗 / 把花楸树点燃 / 树叶飘落 / 我诞生"。初读茨维塔耶娃诗歌时，我并未见过花楸树，总是想象这应该是一种繁茂热烈的植物。生长在寒冷的俄罗斯大地上，与诗人胸中澎湃的激情相互辉映。再后来，了解到花楸树是俄罗斯人民十分珍爱的植物，他们会说"从出生到衰老，花楸树永远和我们在一起，与我们分忧解愁，与我们欢乐歌唱"；普希金也曾在《叶甫盖尼·奥涅金》中把花楸树和祖国的意象联系起来，花楸树对他们而言，就是祖国和家园的象征。

很好奇这种在邻国颇具盛名的乔木到底长什么样子，想必在我们国家的土地上也有生长吧。翻查资料，楸树还是原产中国的树种呢，上溯至四季冰川前的地质年代，我国的华北及其他地区就有楸树分布，它是经历中国史前地质地貌结构变迁得以保存下来的为数不多的古老活化石树种之一。真是有眼不识楸树啊，还要从别国的诗人那里先获得楸树的意象，而不是目睹它高达十余米、粗枝阔叶的健硕形象。春天开花的楸树，花序团簇，花冠呈淡红色，跟俄罗斯和中国北方粗粝、冷峻而厚重的气质十分匹配。

再深究古代关于楸树的名字，《诗经》中称为"椅"，《左传》为"萩"。战国时期《孟子》谓之"贾"。到了西汉，《史记》才开始叫作楸。难怪

在读到《诗经·小雅·湛露》中“其桐其椅，其实离离”时，我毫无知觉，竟没想到“椅”就是大名鼎鼎的楸树。想到两千多年前露水浓重的清秋时节，贵族士子们夜饮达旦，天朗气清，桐木楸树果实摇曳、树影扶疏。

“湛湛露斯，匪阳不晞。厌厌夜饮，不醉无归”，《湛露》可谓是一幅祥和雅致的“清秋夜宴图”。它描写的是贵族宴飨之事，既有不醉不归的尽兴之乐，又有君子美德的相互赞颂。高大的楸树和桐树，果实累累，露水深重而良木幽幽，自是一派丰盈、自足之美。楸树和桐树一样，是《诗经》中的佳木，也是现实生活中珍贵的木材，纹理通直，花纹美观，质地坚韧致密，常用于建筑和打制各种器物。如此坚韧之树，穿越时间而繁衍不息，它们不仅仅是诗歌中被咏唱的永恒象征，更是人们生活中自然的偎依。

在遥远的瑞典，诗人特朗斯特罗姆也这样写道：“北方的风暴 / 正是楸树的果子 / 成熟的季节 / 在黑暗中醒着 / 能听见橡树上空的星宿 / 在厩中跺脚”。这楸树的风暴，这冷寂的北方，也正是人类命途中的夜晚，有黑暗也有露水，还有让人感到慰藉的树影和花冠。

如胶似漆

在人们懂得使用漆后的几千年，我们对漆的理解已经进化到了审美的范畴。至于漆液过敏，倒是依然存在，毕竟无论科技艺术如何飞跃，人的官能和内心是进化缓慢的。譬如，看到鲜花我们会忍不住采摘，触到乳白色的微毒汁液，我们也有可能重蹈前辈们的覆辙。

暑期出行，由南往内蒙古方向走，一路塞外草原风光，山丘起伏野花簇簇，煞是迷人。女孩儿们忍不住跑进花丛中采采采，有朋友提醒说不知名的野花不要乱采，以免过敏。我们才管不了那么多呢，那么多鲜妍多姿的野花，几乎都不知道名字，恨不能各摘取一朵，让它们与我们一路相伴永不凋零。好在没有谁说过敏，我回想起摘花过程中也似乎没有遇到折断根茎流出奶白色汁液的花朵——在我的印象中，会使人过敏的植物通常有黏稠乳白的汁液。这个印象大概来源于我母亲小时候的一段经历，她说有一次去割猪草，误割了漆树叶子，漆液沾到皮肤，很快就全身发痒长出红疹，严重的过敏症状，多日才消退。我对漆树的印象就此种下，并对一切含有黏稠汁液，特别是白色汁液的植物怀有戒心。

其实，在中国东北、内蒙古、新疆一带鲜有漆树，野花野草们也有相对干燥的根茎。属于高山种的漆木，多生长在海拔800—2800米之间向

阳山坡和山脚，是一种较为耐寒的植物。考古学家曾在河姆渡遗址发现过一只“髹”，也就是漆木碗。也就是说，七千多年前，古人就意识到了漆的性能并用其制作器物。而这制作器物的漆，就是会使人过敏的漆液，《庄子》中有“漆可用，故割之”的记载，这是中国采割生漆的最早记录。采割生漆我没有见过，但想必跟采割橡胶大同小异。在空气的氧化过程中，乳白色的漆液会渐变成栗黑色。“凡漆不言色者皆黑”，指的就是原本色泽深重的生漆，具有顽强的侵蚀力，很难调制出鲜艳的颜色，所以古代的漆器以黑、朱二色居多。

漆木作为经济林木早在先秦时期就很广泛，“树之榛栗，椅桐梓漆，爰伐琴桑”（《诗经·国风·鄘风·定之方中》），漆树和桑桐一样，都是重要的木材，用于建筑和制造木器。这里所写的几种木材，包括漆木主要是用来制作琴瑟的好原料。在《诗经·国风·唐风·山有枢》中，“山有漆，隰有栗。子有酒食，何不日鼓瑟？且以喜乐，且以永日。宛其死矣，他人入室”，则是劝慰人要活在当下，享受此时的喜乐怎么样，比起现在那些劝诫人要安于当下、用心生活的心灵鸡汤，我们老祖先的循循善诱是不是更加高明？山坡上的漆木，可以用来制琴，但更多的被用作涂料；漆不仅较好地保护了器物，还能使器物变得光滑、鲜亮，富有色彩和图案。

如今的漆器精美多样，也反映了人们利用漆的技艺日臻成熟和多元。有个朋友的孩子一直在学习漆画，用各种色彩的漆料创作出了美丽的作品。在人们懂得使用漆后的几千年，我们对漆的理解已经进化到了审美的范畴。至于漆液过敏，倒是依然存在，毕竟无论科技艺术如何飞跃，人的官能和内心是进化缓慢的。譬如，看到鲜花我们会忍不住采摘，触到乳白色的微毒汁液，我们也有可能重蹈前辈们的覆辙。

古有莎草

不论是尼罗河岸的莎草，还是黄河长江之滨的莎草，都以各自的方式参与了人类文明的兴衰。

有朋友去埃及旅行，例行要去看金字塔、狮身人面像、各大神庙、尼罗河……每一步都在踩在历史上的尼罗河夹岸还生长着柔韧的纸莎草。我对朋友说，还应该去博物馆看看埃及莎草纸画，那是世界上最古老的纸画，跟木乃伊一样长久，描绘着古埃及人的生活、信仰和神话。古埃及人将莎草纸称为“法老的财产”，莎草造纸法粗糙又复杂，曾被王室垄断，是法老时期重要的出口商品，历经三千多年而不衰，后来经历了消亡和复活，像是另一部埃及文明史。

然而，莎草却不是埃及的独有之物。在另一个文明古国——《诗经》中的中国北方也有关于莎草的记录。“南山有薹，北山有莱。乐只君子，邦家之基。乐只君子，万寿无期”（《小雅·南山有薹》），这里的“薹”就是指莎草。然而，薹属的植物种类繁多，光是中国就有四百多种，实在无法将古埃及的莎草和古中国的莎草列为同种。只不过，这类植物都喜欢水汽充沛的低地，三角洲、沼泽洼地是它们的乐土。这种草本植物根茎柔韧、杆皮细滑，雌雄同株，有些会结三稜形小坚果。在古埃及，人们用莎草造纸写字作画，甚至用这种植物造成草船，航行于尼罗河上。在中国呢，莎草基本只用于制成蓑衣避雨，在《诗经·小雅·都人士》中，“彼都人士，薹笠缁撮”就提及了莎草的这一功用。至于中国的伟大发明——造纸术，却没有像埃及一样将莎草奉为主角；在纸张出现之前，竹简像莎草一样占据了显赫的位置，记录着我们的文明。

《南山有薹》中，莎草是与桑树、菩提、枳椇等并列的植物。这是一

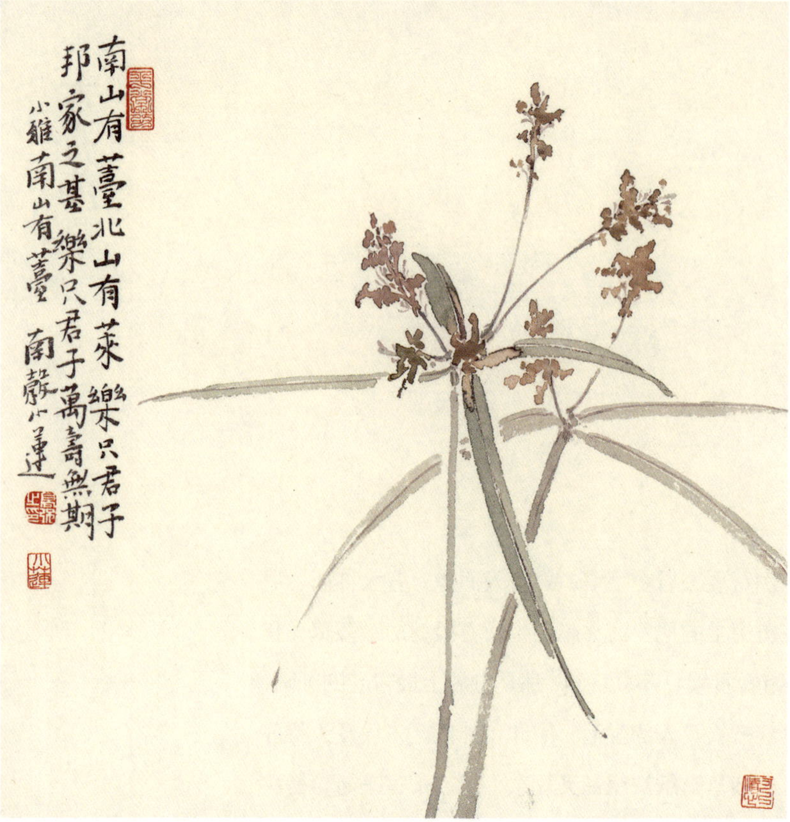

首曲调欢快的宴饮诗，提及的事物都应是香草佳木。良辰美景，宾主绸缪，颂祝相欢。这可不是简简单单的祝酒歌，不是普通人家宾客的酬答之辞。“邦家之光”“万寿无疆”这一类辞藻，点明了这是王室贵族的宴饮。如此直白的唱颂，要是在今天，又要被“键盘侠们”鄙夷其“极尽谄媚、高唱赞歌”了。但是有了之前植物的委婉起兴，君子贤人的祝颂之词还是显得文雅庄重，至少是保持了王室的礼乐和威仪。

无论莎草造纸也好，被视为香草唱颂也好，那都是王公贵族们的高级活动；平头百姓只不过在天阴雨湿的劳作中，缝补破旧的蓑衣。而在莎草纸上描绘的历史、在《诗经》中吟唱的生活，却是他们共同创造和完成的。还有，不论是尼罗河岸的莎草，还是黄河长江之滨的莎草，都以各自的方式参与了人类文明的兴衰。

朋友从埃及回国时带回了一张现代科技制作的莎草画，上面画着长头发褐色皮肤的古埃及人，鸟兽栩栩如生。我看着那已然精密的纹理，却感到兴味索然。

年年知为谁生

中国古人认为天下花卉，唯牡丹与芍药最为富丽。这般艳丽的花卉在感伤临别时出现，自有一种别样的张力。这是典型的东方式审美，华丽幽玄，只有这热烈之美衬得起我内心的感情，也只有这短促的花期能告诉你我是多么不愿别离，又是多么渴望重逢的欢欣。

诚如教科书所言，人类之所以是高级动物，是因为具有主观能动性，总想变着法子改变自然界的物候、发现并发明新的物种。大部分是建立在科技文明的基础上，有时纯属心血来潮。譬如，今年年初我就执意要在岭南种几株芍药，无奈赶上百年不遇的珠三角飘雪，这广泛种植于黄河流域的植物，还没冒出细芽便在我家阳台上一命呜呼。

等到春意蓬勃的三月，我只能从花店捎一束从西安空运而来的芍药，它骨朵丰满，水分却收敛，确实不属于回南天的阴冷。遥想那阳光明媚的溱河、洧河之滨，两千多年前的上巳节，人们泼水祈福，以香草辟邪。说是踏青游春。按今天的话来说，那简直是一场大型的户外相亲派对。“溱与洧，方涣涣兮。士与女，方秉蕳兮”（《诗经·国风·郑风·溱洧》），如织的游人中，只因为在人群中多看了你一眼，怀春的青年男女小心脏立刻擦出闪电火焰。古代的男女可比今天的红男绿女矜持多了，也没法加微信留电话，“维士与女，伊其将谑，赠之以勺药”，只好折花相赠，但还有什么比手折芍药作为信物更浪漫的啊。这花枝传情，既有结情思之意，

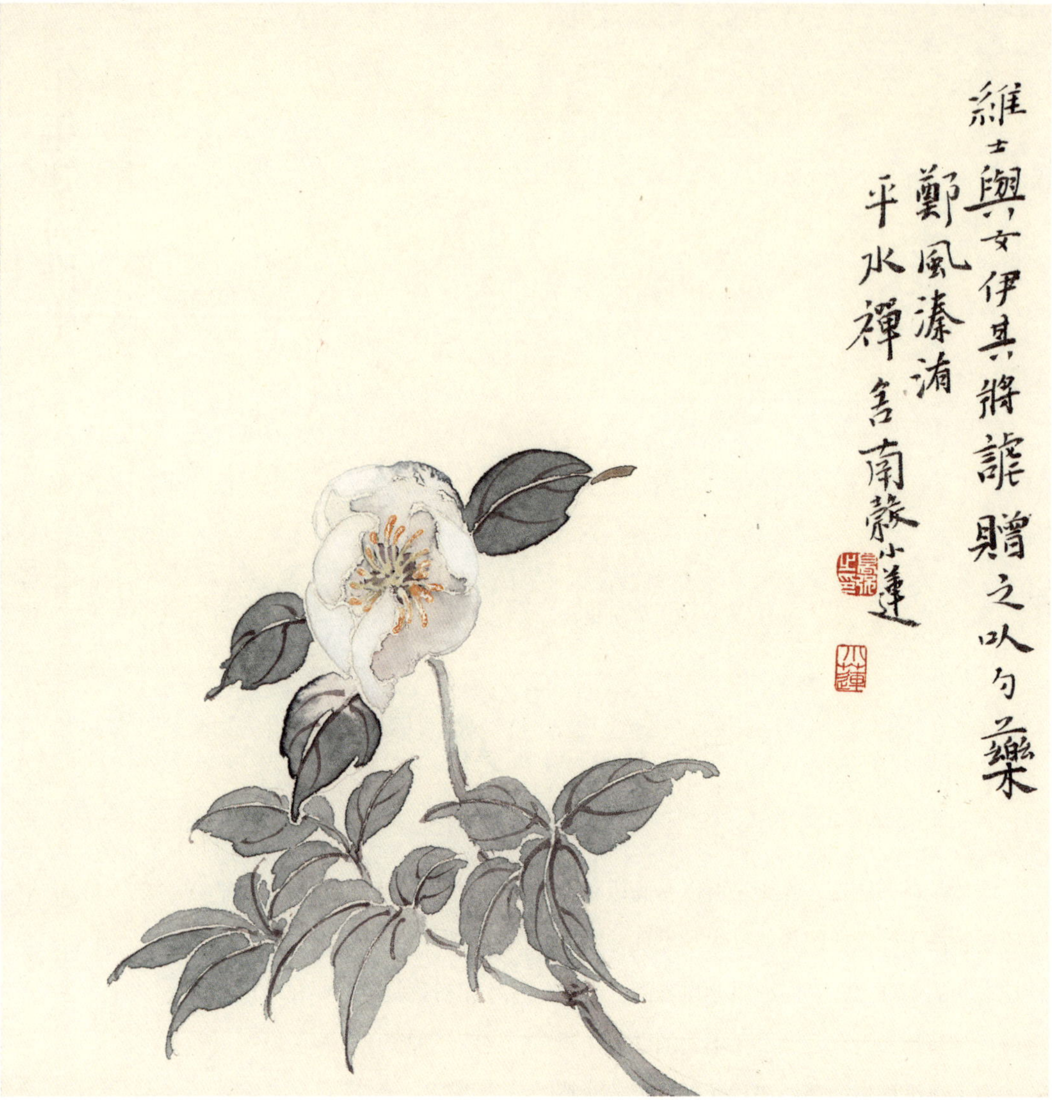

也取“绚盼之乐，芍药之和”（《吕氏春秋》）的好和之意。

芍药又名将离草，常用来作为惜别的信物。中国古人认为天下花卉，唯牡丹与芍药最为富丽。这般艳丽的花卉在感伤临别时出现，自有一种别样的张力。这是典型的东方式审美，华丽幽玄，只有这热烈之美衬得起我内心的感情，也只有这短促的花期能告诉你我是多么不愿别离，又是多么渴望重逢的欢欣。“别时容易见时难”，这种内心的婉转低回大约也只有含蓄的东方人才能够体味。所以上天把芍药给了中国北方，让它在春日怒放，也让它带着葳蕤之色传情达意，渡过溱水洧水。

长江流域的芍药种植以扬州为盛，“念桥边红药，年年知为谁生”，就是念及扬州，年年岁岁芍药花犹在，而往昔无踪。植物当然没有这么婉约的心思，它们有自己的脾性，橘生江南，逾江北为枳；芍药在我家悉心呵护照样养不活。我们确实改变了许多物种的存在方式，包括移栽、杂交、转基因等。那些花木被人类赋予的意蕴却在缓慢消隐。今天，人们在离别时可以赠送的物件太多了，最好是实用的、便捷的，你要是情意绵绵赠一束芍药，对方也许根本不懂这是何意，烦恼着该怎么办理飞机托运，赠花之举多半会被视为矫情。

所以，每每重读诗经，满目草木氤氲，说不清它们是在为人类招魂，还是它们早在千百年前已经预知了人类心境的无常与变迁，不管你们如何将我命名，我只顾花落人亡两不知。

诗经如新，荇菜如故

人们常常以为人是万物中最具有灵性的存在，对这种比较自我中心的思度我倒是持保留意见。特别是当望见荇菜穿越了千百年，还在水中繁花起落，当年言笑活泼的淑女君子却只留一个纸上的面影供人们想象。如果真的有灵魂这种事，我想植物们应该更能把握其精粹吧。

翻开中国最古老的诗歌集《诗经》，就仿佛掀开了一面朴素邈远的帘子。帘子背后是一帧帧先民们生活的鲜活场景：耕作狩猎、征战离合、爱恋思慕、风物旧俗……翻动页页诗篇，有如阵阵和风扑面，闻得到那些从土地生发出来的气息。这气息里有烽火人烟，也有迷离雨雾，还有丰茂草木。《诗经》不仅是一部人的歌诗、神的唱颂，也是一部大自然的“群芳（芳草）谱”，一部庶民的俭素食谱。

得知我要写一些关于《诗经》中的植物的文字，一位朋友问我：“那些植物，到今天还存在吗？”我答：基本俱在。他没有说话，似乎放下心来。好像这些植物依然在这个地球上繁茂，先民们那种蓬勃的心跳就还揣在我们胸腔；好像荇菜依然在水边错落地开着黄花，窈窕淑女就还会去往水边采摘，被遇见她的君子爱慕。

这种干净、直白的情愫让我一直非常嫉妒一种叫“雎鸠”的鸟儿和一种叫“荇菜”的水生植物。想必这两个物种也未曾想到它们是最先进入中

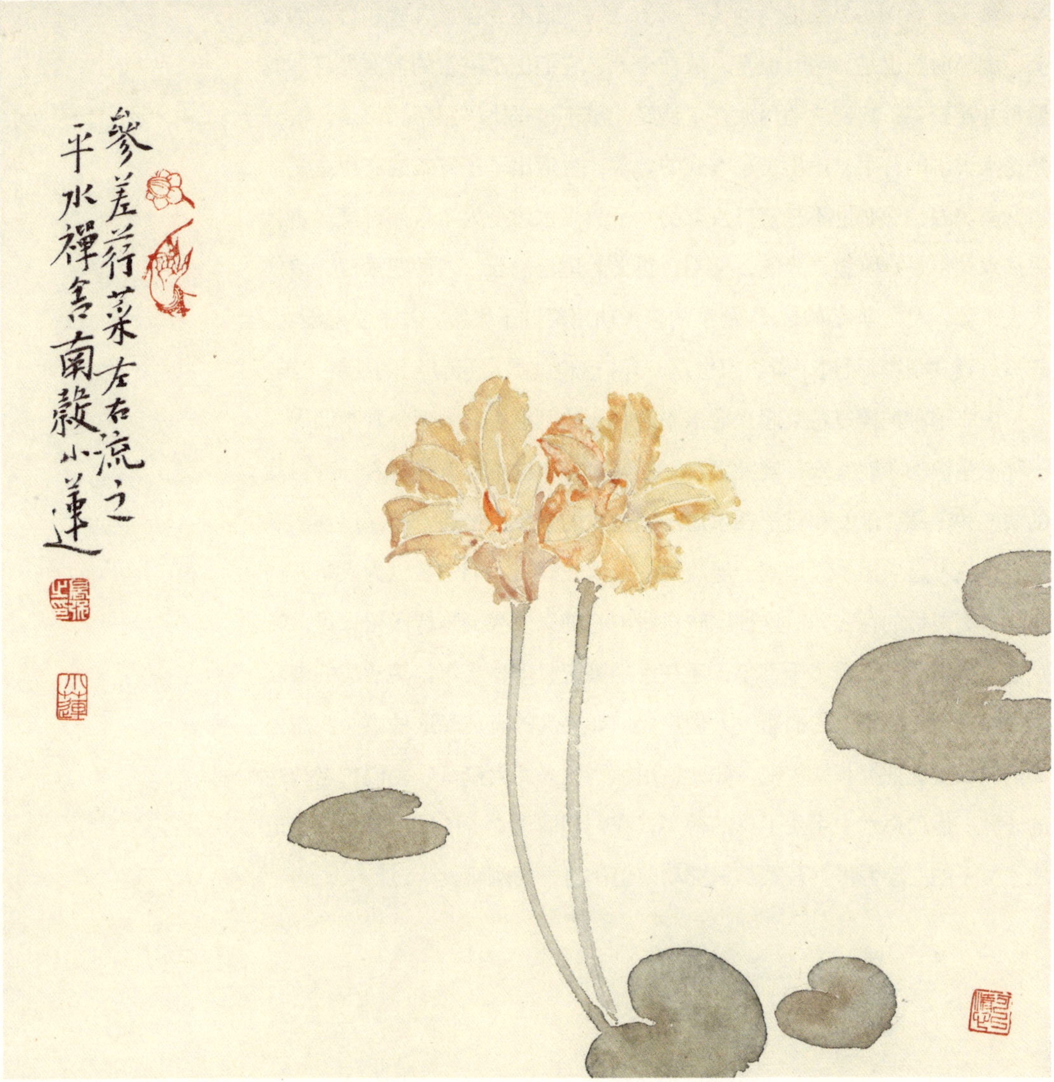

国诗歌典籍的鸟类和植物，而且占据了开篇的崇高地位。后来者必然先要领略雎鸠的“关关”之声和参差的荇菜之态才能进入“不学诗，无以言”的境界。

稚子小童摇头晃脑地背诵《关雎》之时应该不会在意关雎和荇菜的来头，我小时候也是。嗨，也是，放在今天，它们也是俗常的河洲之鸟、龙胆科开花野菜；它们的功用放在《诗经》里不过是比兴罢了。但是，恰好是这水淋淋的荇菜，道出了东方式的含蓄，也道出了东方式的实用主义。淑女虽美好，想必也不是富贵人家的女子，来水边是为了采摘野菜。古代采摘水菜也是有阶级之分的，《毛诗正义》里记录云：“后妃采荇，诸侯夫人采蘩，大夫妻采苹藻。”荇菜的最大功用莫过于果腹。君子爱慕淑女，却只写到其窈窕，跳过了阶级家世这一环，这也就显出《诗经》的纯粹之美。

想来这种纯粹以荇菜起兴应该不是古人的刻意心思，而是妙手偶得。一种水生植物参差有致，鲜叶可食、梗熟生花，这本身就包含着一种自然的法度和美感。淑女和君子在水边一个日常的景象里相遇，爱慕追逐寤寐辗转，只不过增添了天地间一层流动的人性光辉。人们常常以为人是万物中最具有灵性的存在，对这种比较自我中心的思度我倒是持保留意见。特别是当望见荇菜穿越了千百年，还在水中繁花起落，当年言笑活泼的淑女君子却只留一个纸上的面影供人们想象。如果真的有灵魂这种事，我想植物们应该更能把握其精粹吧。如此，用植物比兴，大概是先民们古老智慧的一种。借助那水中生生不息的荇菜，我们记取了女子的纤手身姿，也记取了君子的心动惆怅。荇菜随风摇动，仿佛这一切刚刚发生过。

蓍草之卜

《下泉》中并未提到人们是否会用蓍草来占卜王朝此后的命运，然而占卜之术却源远流长，无论通过蓍草、龟壳、铜钱、竹签还是其他物件，很多人依然笃信那来自未知世界的神秘力量。正如幼时的小伙伴笃信四叶草能带来好运，时日荏苒，不知道她们当年许下的愿是否已经实现，或许，现在她们又学会了用星座、塔罗牌占卜。

念小学的时候，女同学们中间流行着一种“找四叶草”的游戏，课间、放学后总有一群女孩儿像小狗一样在三叶草丛生的杂草中东嗅西嗅，有时会传出一声惊喜的叫唤，大家迅速围拢来，啧啧赞叹那个找到四叶草的女孩，羡慕她的好运气。传说四叶草会给人带来好运，所以又被我们称为“幸运草”。要在被反复翻拣过的白花三叶草中寻到一茎四叶草，无异于大海捞珍珠。冷不丁寻到一株的女孩会小心翼翼地摘下那嫩绿的叶茎，虔诚地对着它许愿。我不记得我的少年时代是否找到过四叶草，但那种寻找的过程着实带给了我清新的记忆和乐趣，像是信徒怀抱着祈祷的热忱。

在古代，人们也曾在温暖向阳的山坡或灌木丛中寻找一种用于占卜的植物——蓍草。从字形可见，“蓍”从“耆”字，耆指六十岁。孔子曾言：“蓍之为言耆也。老人历年多，更事久，事能尽知也。”意即老人经历多，经验丰富，能够世事洞明。那么，要求神占卜的蓍草也该是“历年多”才好使。《博物志》中说：“蓍千岁而三百茎，其本已老，故知吉凶。”传说蓍草长满百茎的，其下必有神龟守护，其上会有青云覆之。长足千岁的三百茎蓍草，恐怕早已成精了，岂不能闻之世事？古人要找到三百茎的蓍草恐怕也不那么容易，于是，他们取长满六十茎、六尺以上的蓍草用于占卜。出于好奇，我去翻查了一下古人用蓍草占卜的方法，看了几句已被复杂的演算绕蒙，也罢，这么复杂的事务自古都是由专业的通灵者来完成的。

蓍草是菊科蓍属、多年生草本植物。在我国东北、华北及宁夏、甘肃、河南等地都有生长，想必蓍草卜筮之术在中国大地上十分普及。上至天子，

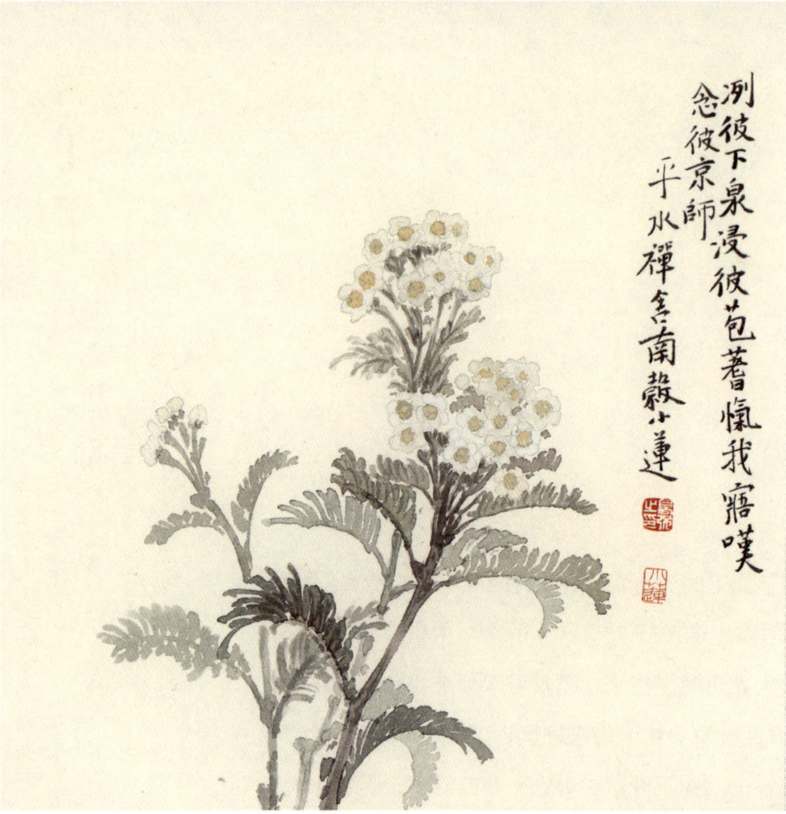

下至百姓，大事小事的吉凶运程，都可以通过六十茎以上的蓍草来获得预示、开解、心理暗示或安慰。《诗经·国风·曹风·下泉》中明确提到了蓍草——“洌彼下泉，浸彼苞蓍。忾我寤叹，念彼京师”。寒冷的泉水在地下汩汩涌动，卜筮的蓍草在冰水中浸泡。醒来时我忍不住哀叹，怀念着我的京都故地。这是一首曹国臣子喟叹周王室离乱衰微、怀念王朝初期故都盛世的悲歌。用于占卜的蓍草本应生长在灵泉之上，而今却在冷冽的水中瑟瑟凋微，更谈不上长成六十茎以上的“灵蓍”。曹国臣子的感伤犹如艰难生长的蓍草，王室的衰落难以避免，只是雕栏玉砌犹在，繁华旧梦如初，每每眺望京都心痛难抑。

《下泉》中并未提到人们是否会用蓍草来占卜王朝此后的命运，然而占卜之术却源远流长，无论通过蓍草、龟壳、铜钱、竹签还是其他物件，很多人依然笃信那来自未知世界的神秘力量。正如幼时的小伙伴笃信四叶草能带来好运，时日荏苒，不知道她们当年许下的愿是否已经实现，或许，现在她们又学会了用星座、塔罗牌占卜。

食野之蒿

君子之行，贤者雅集无论多么欢畅，总归是会有点寂寞的。犹如野鹿，也如青蒿，那未被人类驯化的隐约苦涩，也许正是它们得以流传的缘由吧。

随着中国科学家屠呦呦获得诺贝尔生理学或医学奖，有一种草本植物——青蒿，也被世人广泛议论。殊不知，挽救了百万人生命的青蒿素并非提炼自植物青蒿，而是另一种名叫“黄花蒿”的植物。它的发现者屠呦呦的“呦呦”之名，倒应该是来自《诗经·小雅·鹿鸣》。“呦呦鹿鸣，食野之蒿”，我们的老祖宗怎么也不会想到吧，“呦呦”和“野蒿”的命运两千多年后会这样相连，影响了世界。

《鹿鸣》中的“蒿”，应该主要指青蒿，是野鹿、牛羊等动物喜食的野草。青蒿叶脉呈羽状，香气苦涩。小时候在乡间，记得人们总是拿它来止血。譬如，鼻子流血了、腿肚子被蚂蟥叮咬了，农人顺手就从田垄上揉一把青蒿的叶子塞进鼻子或按在伤口上。青蒿的汁液浸入创口，辛辣生疼，但止血功效也是立竿见影。小时候我的鼻子毛细血管脆弱，在冬天的高原很容易流鼻血，对青蒿的深刻印象就是扑鼻而来的那股苦涩气味。以至于屠呦呦女士获奖，我还以为青蒿素的最大功效是止血呢。隔行如隔山，后来被科普才知道提取青蒿素的原材料是“黄花蒿”，采用了《本草纲目》中的名字。而黄花蒿的重要贡献是治疗在世界流行肆虐、发病率极高的疫病疟疾。

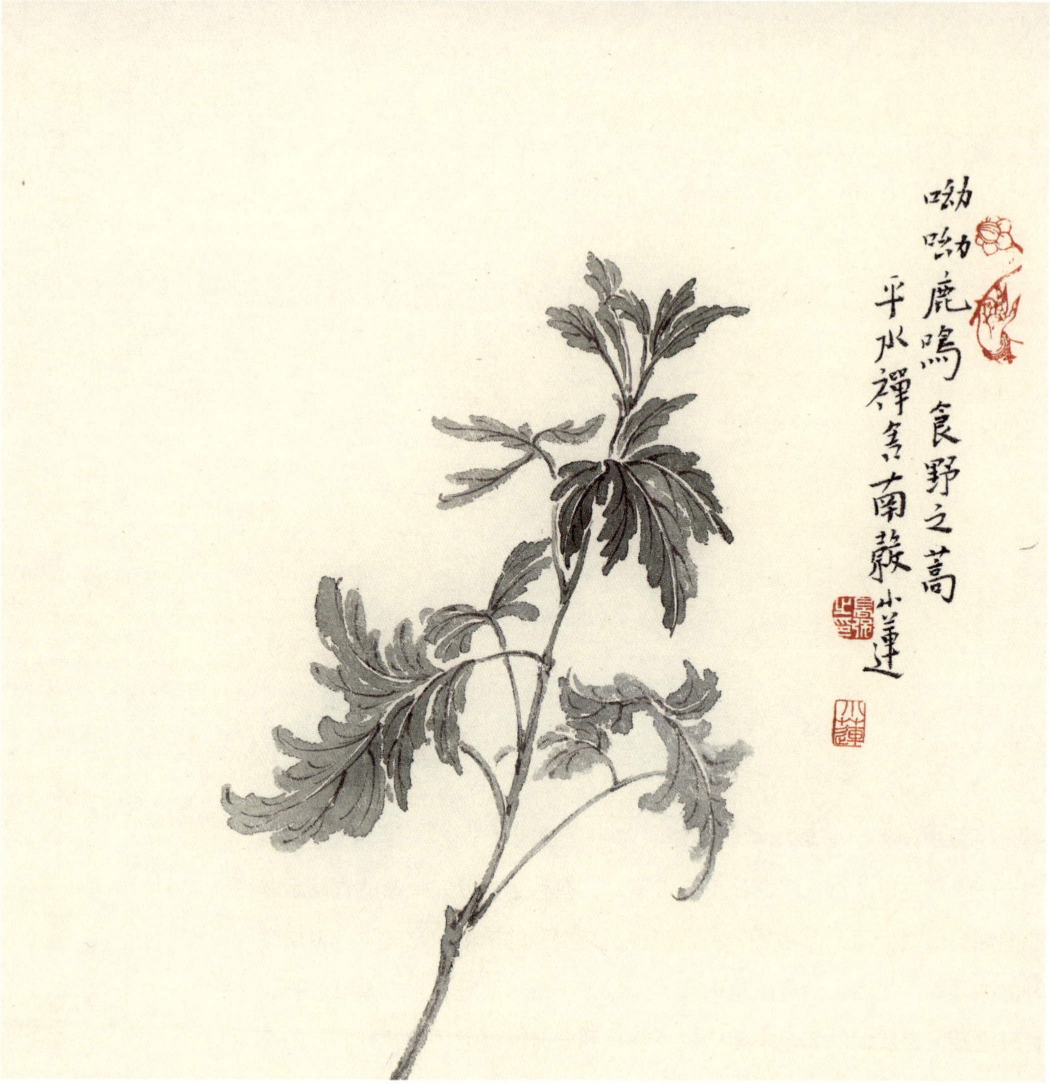

《鹿鸣》中的青蒿在野地生长，被动物们啃噬。这是一首欢快、烂漫的诗，跟药物和疫病毫无关系。嘉宾满座、宴饮之乐，热烈又安详，像远处食蒿的野鹿怡然自得。中国的传统文化中，宴饮之乐必然要依托于“我有嘉宾，德音孔昭。视民不恌，君子是则是效”的德行感召；宾客云集，必是主人的美德品行所形成了磁场。“鼓瑟吹笙”也好，“我有旨酒”也好，绝不是酒池肉林的狐朋狗友之辈。瞧，古人的宴饮、交游是讲究品质的，可不是“来的都是客”。对牛弹琴，不管是对牛还是对鸣琴者都是一种伤害啊。

青蒿分布极广，喜欢低海拔、湿润、光照充足的地方。中国重庆的酉阳有“青蒿之都”之誉，那里青蒿种植规模大、品种繁多，是世界上最主要的青蒿生产基地。那里的青蒿主要是为医疗服务，应该很难见到野鹿呦呦，低头食蒿的情形了。前几天跟一个从日本回来的朋友聊天，说到奈良的鹿群，那些追逐着游客讨要食物的家伙，一点都不矜持优雅。大概是因为奈良没有鲜嫩的青蒿吧？或者是因为古代的鹿更有德音？在人声嘈杂的饭桌上，我和朋友的话题迅速被他人转移了。是啊，这个时代的聚会如此庞杂，我们很难享受“鼓瑟鼓琴，和乐且湛”的欢乐和寂寞了。

君子之行，贤者雅集无论多么欢畅，总归是会有点寂寞的。犹如野鹿，也如青蒿，那未被人类驯化的隐约苦涩，也许正是它们得以流传的缘由吧。

世上哪有葛缠树

每每读到此篇，我都会被一个人内心世界的哀恸震撼，这种葛蔓般绵长密实的感情，是多么质朴又具有想象力的生命才可以体会和迸发。正是这种深刻的生命力让人成其为人，无论是穿着粗糙的葛布、棉衣还是锦缎。

2014年，中国导演周浩凭借纪录片《棉花》摘得了第51届金马奖最佳纪录片奖。这部片子记录了作为“世界工厂”的中国，它广袤土地上的棉花从播种、生长、采摘到纺织、成衣制作、出口国外的整条产业链。棉花是当今世界上最重要的布制品原料，而中国也是世界上主要的棉花产地之一，在纪录片中我们能看到收种者的艰辛，也能看到“中国制造”的价廉。深秋的江淮平原、江汉平原、南疆、豫北平原等地棉铃饱满，采棉人会赶在露水干透前采下第一拨棉桃，纪录片《棉花》也展现了新疆棉田里这样一幅披星戴月的农耕场景。

这样的场景并不具备任何现代气息，甚至追溯到二三千年前，在这片土地上我们的祖辈也是如此刀耕火种、餐风饮露地劳作。只不过在那个朝代棉花还未引进，人们种植的主要布料原料是葛。在《诗经》中“葛”出现的篇幅之多（七篇）也从某种角度体现了它在人们生活中的重要性。无论是描写辛勤浣洗、惦记娘家的女子的《周南·葛覃》，还是倾诉相思之苦的《王风·采葛》，或者是对人世不公颇有怨愤的《魏风·葛屦》，均写到了这种著名的纤维植物。值得留意的是，这些篇章中的主角基本都是女性，《采葛》虽是男子口吻，但其倾慕的采葛者依然是女性。由此可窥见，在中国农业文明的谱系中男耕女织的分工相对明确。葛布的制作相比起今天的工业化生产绝对是非常粗放和艰难的，“纠纠葛屦，可以履霜”，单薄的夏鞋走在落霜的时节，只这一句已经可以想象劳动者的寒凉。今天，有太多的纤维作物代替葛，葛布的制造古法是否流传我至今也未做考证。纤长的葛藤倒依然在农田间繁茂，块状的葛根可以用来制作葛粉，生吃据

说可以清火解酒。

藤蔓的植物常用来比喻人事的牵绊和依附，当代诗人舒婷为了表明女性独立的爱情，也要说“绝不像攀援的凌霄花”（《致橡树》）。在广西壮族的民歌《世上哪有树缠藤》中，刘三姐深情地唱道“青藤若是不缠树，枉过一春又一春……”虽说现代女性意识的觉醒有其进步的意义，但民歌中的女子鲜活热烈，甚至更具人性的原始光辉。“哪个九十七岁死，奈何桥上等三年”，这是何等的真挚和决绝，在遥远的《诗经》中同样能看到这样的深情呼应——“百岁之后，归于其室！”

此句出自悼亡诗《国风·唐风·葛生》，可以说这是《诗经》中最为打动我的诗篇之一。那“予美亡此”的哀哭，那守着冬去夏来昼夜交替的未亡人；葛藤萋萋，覆盖着爱人的身体……每每读到此篇，我都会被一个人内心世界的哀恸震撼，这种葛蔓般绵长密实的感情，是多么质朴又具有想象力的生命才可以体会和迸发。正是这种深刻的生命力让人成其为人，无论是穿着粗糙的葛布、棉衣还是锦缎。

北山有楰

今天的北山鼠李依然生长着，不过，很少有人在关切它的繁衰。对面的山上，成百上千亩的茶叶基地正在生发。鼠李茶那种粗粝又清澈的滋味不知是否在《诗经》的宴席上出现过，也许只是偶然地出现在历史的一瞬，但它被我深深记忆，并引以为春的最初。

时维四月，“明前茶”“雨前茶”纷纷上市。各个茶叶产区的茶叶争相露脸，名目繁多，口感各异，可谓是争奇斗鲜。然而，随着制茶工艺日益精深以及规模化、产业化的批量生产，茶叶的模样愈发精致，口感却愈发平淡。茶叶本是山野之物，日月光华风露添色，深耕细作反而少了山野之趣，精细的茶味到底差了点意思。以至于每年春天，我都会怀念起很多年前，在一户乡下人家里喝到的大碗茶。手工炒制的茶叶看起来像粗布麻衣的农人，朴素粗糙，喝一口茶水，如一股春天的山泉涌进喉头。那茶水里不止是树叶的青涩滋味，还有泥土、鸟鸣、雨水、落花……粗粝而混杂的气息，让人感到这才是真正的“春茶”啊。问询主人，应该是自种自作的茶叶吧？主人笑道，这还真是山上摘来的野茶咧，以最原始的方式煎晒了一下。细问之下，才知道这野茶，乃是鼠李的嫩芽，难怪那种清苦之味很是直白，毫无豢养之意。

鼠李，在《尔雅》中被称为“鼠梓”，北方向阳的山坡上常见的小乔木，叶片呈卵圆形，顶端的芽苞挺大，于是，被人们摘下来炒茶。而在古代，人们常用它的树皮、根和果实做药，在《本草纲目》《食疗本草》等典籍

南山有枸北山有楰樂只君子
遐不黃耇樂只君子
保艾爾後
詩經小雅南山有臺
平水禪舍南穀小蓮

中都有记载。《诗经》中也有它的影踪，那时候它还叫作“楰”。

“南山有枸，北山有楰。乐只君子，遐不黄耇。乐只君子，保艾尔后”（《诗经·小雅·南山有臺》），南山生长着枳椇，北山长满了鼠李。君子欢愉，仁者有寿；君子欢乐，天佑子孙。这是一首周代贵族宴飨宾客的通用乐歌，与《小雅·鱼丽》《小雅·南有嘉鱼》合为一组宴饮诗。先歌《鱼丽》，赞美佳肴之丰盛；再歌《南有嘉鱼》，叙宾主绸缪之情；最后是《南山有臺》，祝颂宾客万寿无疆，子孙福泽延绵。整组乐歌层次清晰，逐渐递进，宾客尽欢。单是《小雅·南山有臺》一诗本身就具有这种精巧的结构和层次感，全诗共五章，第一、二章敬祝邦家之光、万寿无疆，第三、四章祝福生民父母、德音不已，第五章则祝愿子孙后世、福泽永续。每一章都以两种植物起兴，不仅是《诗经》的传统，更体现出农耕时代人们与自然的密切关系，只有南山“臺”（莎草）、“桑”“杞”，北山“莱”（藜树）、“李”“楰”等植物枝繁叶茂才是盛世太平、人民安居乐业的基础和象征。

今天的北山鼠李依然生长着，不过，很少有人在关切它的繁衰。对面的山上，成百上千亩的茶叶基地正在生发。鼠李茶那种粗粝又清澈的滋味不知是否在《诗经》的宴席上出现过，也许只是偶然地出现在历史的一瞬，但它被我深深记忆，并引以为春的最初。

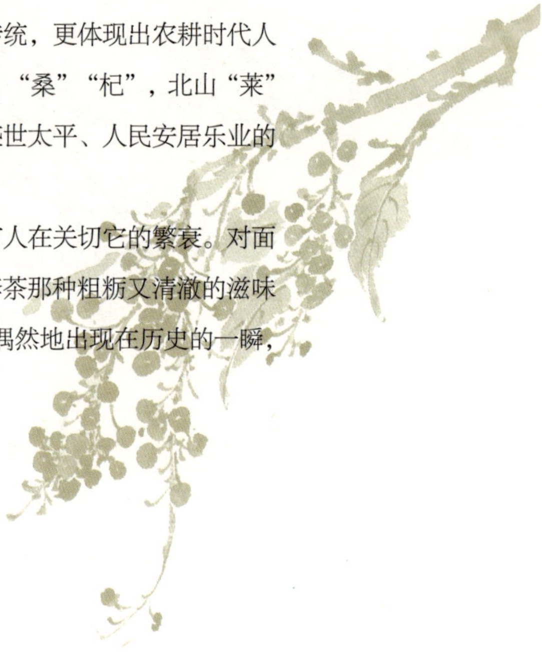

芹之云梦

好的光景，无非也是能好好生活，好好吃饭；春天嘴馋的时候还有干净的原野、未被污染的水边有一把野芹菜可采——这也是芹之云梦吧。

“思乐泮水，薄采其芹。鲁侯戾止，言观其旂。其旂茷茷，鸾声哕哕。无小无大，从公于迈”（《诗经·鲁颂·泮水》），远远望见主公鲁侯的旗帜仪帐迎风招展，车驾鸾铃叮当作响，无论小小随从还是达官显贵，一路迤逦随行。赶赴泮宫水滨的人儿喜气洋洋，采摘水芹菜以备大典之用——每每读到《诗经》中这种神采飞扬兴高采烈的篇什，我就会以为这赞颂之事发生在春天。至于为何，大约是因为水芹菜在春天最鲜嫩吧。

《吕氏春秋》中曾有这样的记载：“菜之美者，云梦之芹。”“云梦”可不是一个形容词，是指楚地大泽，也就是说两千多年前的老祖宗们认为在云梦大泽生长的水芹最为鲜美。而在盛赞鲁公文治武功的《泮水》中，泮水之泽（今山东境内）的水芹菜应该也一样是“菜之美者”，才将它作为祭典和供奉的菜蔬。

无独有偶，在《诗经》中，水芹菜还出现在另一场盛事之中：“觱沸槛泉，言采其芹。君子来朝，言观其旂。其旂淠淠，鸾声嘒嘒。载骖载驷，君子所届。”（《诗经·小雅·采菽》）这首诗辞藻华丽，气势轩昂，描述了周天子接见诸侯的盛景。“觱沸槛泉，言采其芹”，清流汩汩，芹菜鲜嫩。这是天子的礼制，如果不是最高等级的菜蔬佳肴，怎么能与天子之德相匹配？我也理所当然地想象这隆重的朝见发生在春日，一年之始，惠风和暖，天子众臣都满怀愿景，祈愿国运昌隆。就连采水芹菜的人，也感到甘之如饴、如沐春风。

两千年后的今天，人们已经很少去水边采撷水芹菜了。我们在超市肥

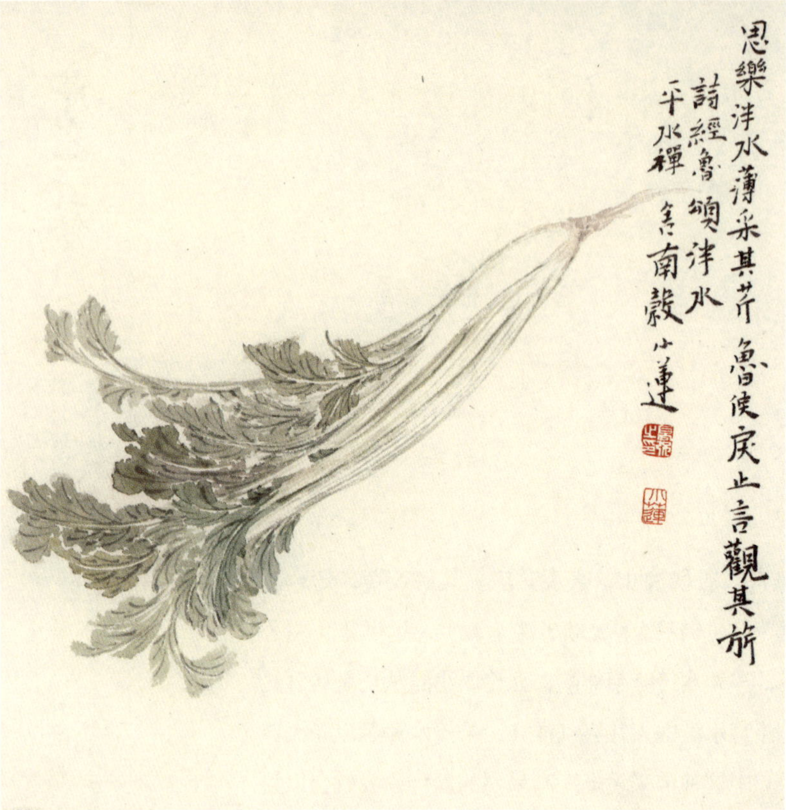

大白胖的西芹和香气较浓的旱芹中间挑挑拣拣。还会有膳食专家提醒你，芹菜有降血压的功用，低血压者不可多食。芹菜的茎和叶柄是食用的部分，斜斜切段，芹菜特殊的香气就直冲鼻子；也并不是所有人都喜欢它略带药味的味道，更别说气味浓郁的野生芹菜了。野生的水芹菜虽然在中国境内的很多水泽之地都有生长，但似乎确实成了故纸堆里的传说。别说是祭祀供礼，就是闲暇春游时，人们也想不起要采一把水泽之地的水芹炒了吃。物以稀为贵，如此说来，水芹菜倒真真成了山野珍馐，不是达官显贵的特供，而是寻常人家也难得一觅的菜肴。

“优哉游哉，亦是戾矣”，《采菽》的结尾这样描述了天下安定无虞的愿景。如若人们安居乐业，优哉游哉，可以春来采撷、秋来收获，不必苦苦找寻野菜果腹，就是好光景。农耕时代的岁月如此，现代社会又何尝不是如此呢？好的光景，无非也是能好好生活，好好吃饭；春天嘴馋的时候还有干净的原野、未被污染的水边有一把野芹菜可采——这也是芹之云梦吧。

舜华且美

同车有人知道『舜华』便是木槿后，大为不屑：『木槿花啊，哪有那么美嘛！』——看，萝卜青菜各有所爱。就算朝开暮落，就算灵魂饱满，那又怎样呢？人对美的想象和追求，也是无标准无止境的。

寒冬腊月，万物萧条，却正是传统的乡间嫁娶的好时节。鞭炮声声炸开冷冽的空气，赶早集的人时常会遇着迎亲的队伍。旧时扛花轿吹唢呐，如今讲究的是花车的排场，不论接新娘子的是什么车皆打扮得花枝招展、喜气洋洋。不过，无论花车怎么好看，也比不过同车的新嫁娘。《诗经》中也按捺不住这样的赞叹，《诗经·郑风·有女同车》："有女同车，颜如舜华。将翱将翔，佩玉琼琚。彼美孟姜，洵美且都。"说的是美丽的女子威仪盛饰、艳若花朵，让男子喜不自禁，反复咏叹其美。

一次，在乡下的土路上与一支送亲的队伍迎面相遇。土路狭窄，花车扬起的尘灰也喜庆汹汹，让我们不得不立刻避车于较宽的路旁。车上的新娘果然"洵美且都"（真正美丽娴雅）。我想起了《有女同车》中的诗句，顺口问同车的人，"颜如舜华"中的"舜华"是什么花？描写女子如花自古有之，只是"花"往往并不特指，谁叫世间美丽的花儿这么多呢。大家七嘴八舌猜起"舜华"，有人说是桃花李花，"艳若桃李"嘛；有人说是

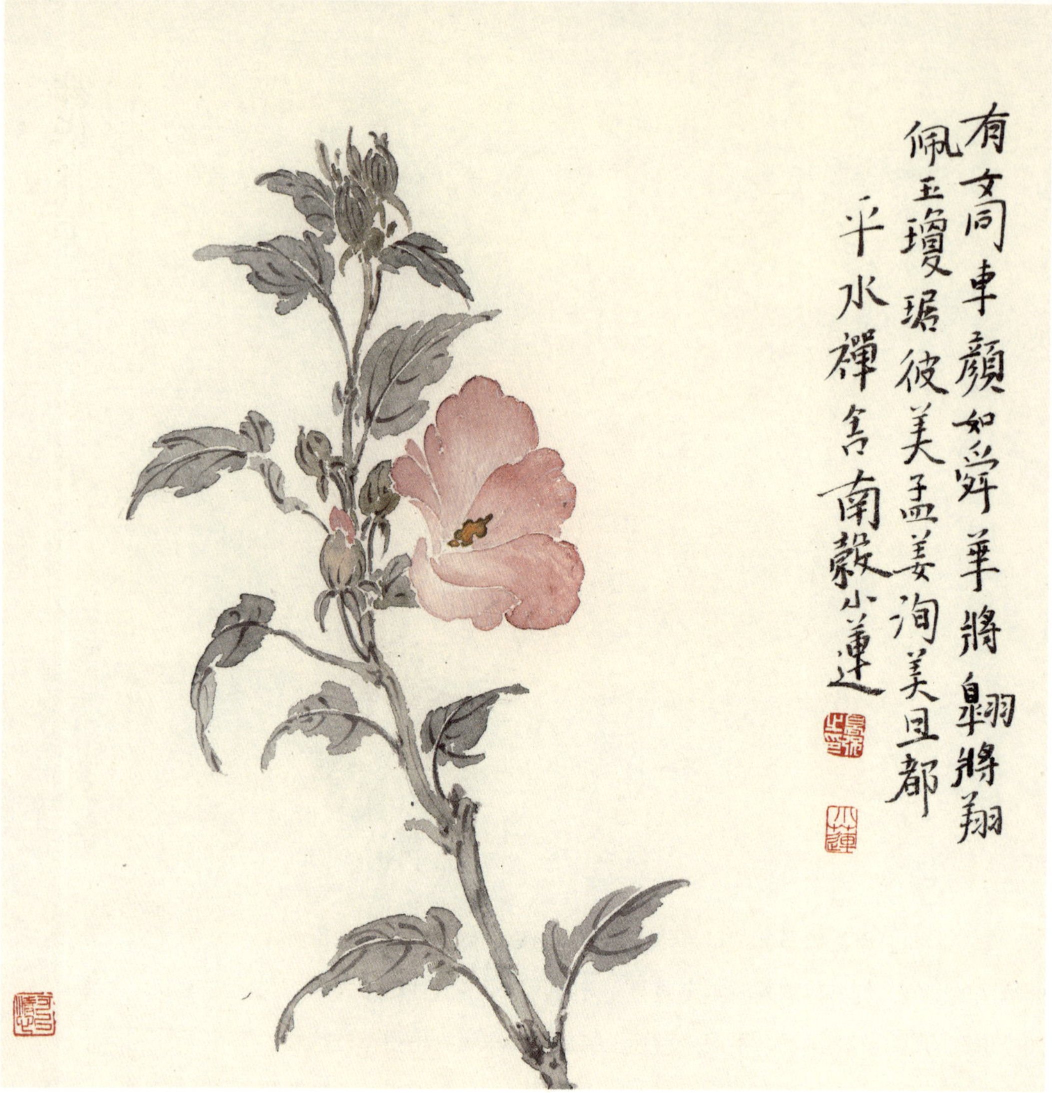

牡丹芍药，国色之姿；还有人说是玫瑰，立刻招来一通无情的嘲笑：这么现代西方式的花卉怎么会被写在《诗经》里？殊不知玫瑰的原产地确实是中国，山东等地主要玫瑰产区也已有两千多年的玫瑰栽培历史。不过“舜华”确实是一种非常“中国味”的花卉，也就是花期短促的木槿。

“来如急电无因驻，去似惊鸿不可收”，如电如露，惊鸿一瞥，就是描写朝开夕落的木槿。古人的审美总是包含着对光阴的敬畏，木槿之美不仅在于花色艳丽，更在于它不会在枝头长久驻足。再美的花，看久了也会审美疲劳，比如花期颇长的玉兰，一友说，天天看着这厚实肥大的花瓣，就想是不是可以炸了来吃。易凋的花，人们只顾得上审美，好比大半夜忍着睡意昏沉，只为了看昙花吐露花蕊。

《有女同车》是以男性的口吻欢快赞叹同车姜姓的长女美若木槿。我感叹的是古人选择了“木槿”这样的意象，一方面说明车中人应该是相识之初、心仪之始；另一方面，铺垫之后道出的是“彼美孟姜，德音不忘”。容颜之美会凋零，而德行之美却如琼琚佩玉，历久弥新。这也是典型的中国式审美，美不能只倚赖单纯的皮囊相貌，还要品行兼备。直到今天，王菲的歌中还唱道:“爱人就该爱他的灵魂,否则听起来就让人觉得不诚恳。”亦舒的名言则是“美则美矣，没有灵魂”。似乎，如果一个人单纯被容颜之美打动就是肤浅的、没有深长意味的。

同车有人知道“舜华”便是木槿后，大为不屑：“木槿花啊，哪有那么美嘛！”——看，萝卜青菜各有所爱。就算朝开暮落，就算灵魂饱满，那又怎样呢？人对美的想象和追求，也是无标准无止境的。

山有乔松

在我的老家云贵高原上，松林挺拔于寒冷的高海拔山脉，棵棵独立又片片相连。当风盘旋于山峰，站在山林中就能听见松涛化成一条空中丰沛轰响的大河。

深秋雨后去北京郊区的戒台寺，大雾笼罩着正在褪叶的树木，北方的萧然冷寂便弥漫而来。虬曲粗壮的松树盘桓在高处，它们的树冠隐藏在空中，正与雾气相互稀释。这始建于隋朝、距今一千四百多年的寺庙中生长着无数古老的松树，传说中的五大名松姿态各异、形态参差，是寺中一绝。人们给松树命名，其中有品种为白皮松的“九龙松”，还有油松“活动松”“卧龙松”“抱塔松”和“自在松”。松柏苍劲，经冬不衰，东方的园林、寺院常植松柏。中国古典文化中松柏是高贵品性、自在延年的象征。

松柏的文化象征早在《诗经》中已经有各个层次的彰显。譬如《小雅·天保》中“如月之恒，如日之升。如南山之寿，不骞不崩。如松柏之茂，无不尔或承”，这是祝寿词，全是中国式的吉祥话，以松柏的繁茂来祝福益寿延年，也可看出松柏是长寿之树，它耐寒抗旱，生命力顽强。而在《卫风·竹竿》中卫国的女子远嫁别国思念着家乡，想象自己能划着松木的小船，于淇水上漫游，回到自己的家乡。“淇水滺滺，桧楫松舟。驾言出游，以写我忧。”松木可以做船亦可以作为精良的梁柱，《大雅·鲁颂·閟宫》中“徂徕之松，新甫之柏。是断是度，是寻是尺。松桷有舄，路寝孔硕，新庙奕奕”，就是指用松柏的木头来修建宗庙的正殿。无论是造船还是建庙，都需要质地坚硬的木材，历经霜雪的松柏挺拔高大、木质精良，适合于筑造。同时，松木是珍贵的木材，也是身份高贵的象征。新鲜的松木会散发出冷冷的山野气，还有松油的生腥，别有一种岁寒之友的孤野清净。

在我的印象里，松柏不是被种植在庭园中的植物。它是属于高山而不

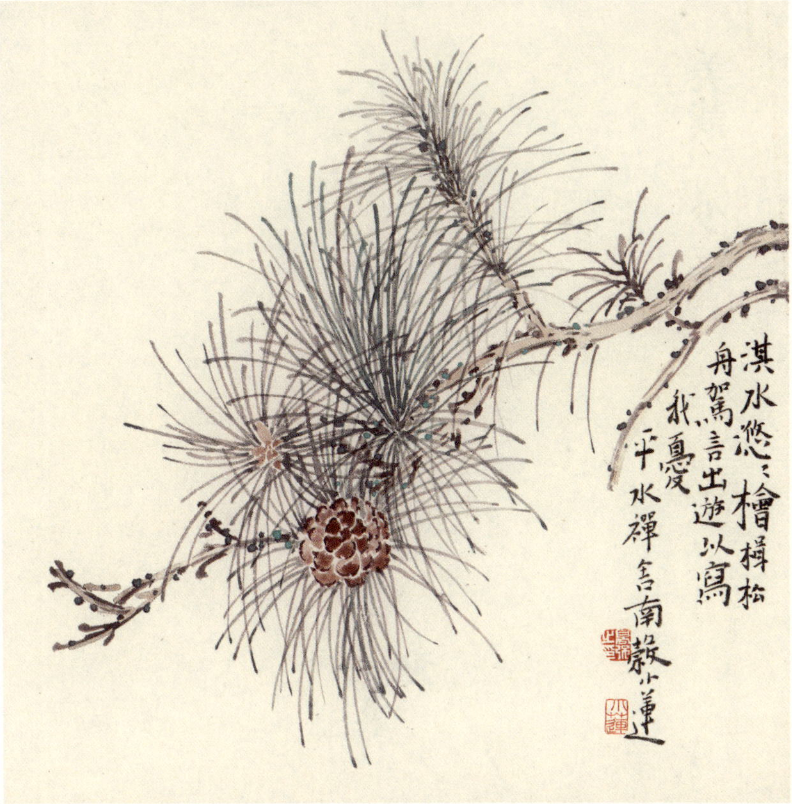

被驯养的野物。在我的老家云贵高原上，松林挺拔于寒冷的高海拔山脉，棵棵独立又片片相连。当风盘旋于山峰，站在山林中就能听见松涛化成一条空中丰沛轰响的大河。在那里，人们用松枝当柴火，用笔直的枝干当椽子，采集松花粉做药材，还用松木打制家具、农具、棺材。松林仿佛是山的儿女，又像是大山的守护神。那些落葬于山脊的乡亲就睡在众树环抱之中，不知道他们是否听见松树生长的声音，又是否会与松树融为一体。在那里，松树不是皇家园林中贵气和长寿的象征之物，也不用来比拟人们的君子之志。它只是自然的野生植被，像在那山间生活着的人，隐忍沉默，像松树一样扎根在贫瘠的土地，过完他们的一生。

“山有乔松，隰有游龙，不见子充，乃见狡童。”（《郑风·山有扶苏》）不管狡童何在，山上的乔松依然苍翠，像那些人类的祝祷和心愿，一千年一万年。

读起《汾沮洳》，我会下意识地想起那个教我吃酸模解渴的姐姐。她就像《诗经》中那个性情热烈的女子，而我忘记了她带我走过一片山林，是否在河边遇到了她爱慕着的英俊的小伙子。

在山间行路，要是没有水喝，也找不到水源怎么办？望梅止渴是万万没用的——若是小孩子可能就一屁股坐在地上撒泼打滚了。记得小时候跟着一个邻家姐姐去山里玩，过了许久，口渴了，口干舌燥瘪嘴想哭。伶俐的小姐姐在草丛里扒拉了一会儿，掐一根酸酸草的嫩苗，剥去薄膜一样的皮，让我放在嘴里嘬。酸酸草的汁液并不丰沛，但那酸涩的滋味刺激了人的味蕾，让喉头涌起唾液，干渴难耐的感觉消失了。我就一路嘬着酸酸草的嫩苗，抽抽噎噎地跟着大姐姐往前走。

在老家，带酸味的能吃的野草被统称为“酸酸草”，长大后知道自己吃过的那种酸酸草学名叫“酸模”，叶子呈羊蹄状的多年生草本植物，酸味来自它所含的大黄酸。有意思的是，酸模的西方古名为Rumex，就是“吮吸”的意思，说古时候人们在旅途中也常靠吮吸它来解渴。“彼汾沮洳，言采其莫”（《诗经·魏风·汾沮洳》），在低湿的汾河之滨，有一个小伙子在采酸模。“莫”，就是酸模，人们采摘酸模应该是当作菜蔬，而不是单纯为了解渴。

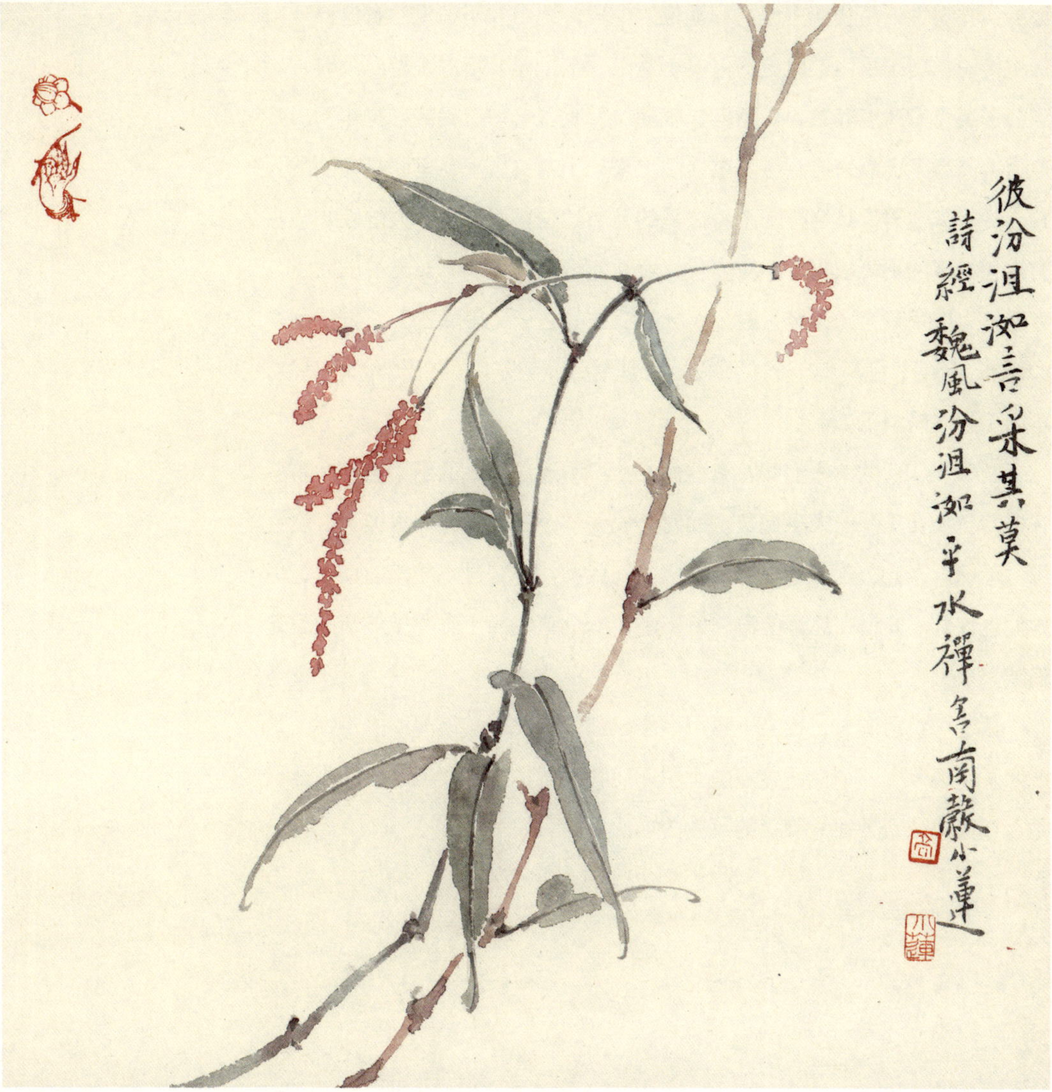

《汾沮洳》应该是一首让人（尤其是女性）感到很愉悦的诗，“彼汾沮洳，言采其莫。彼其之子，美无度。美无度，殊异乎公路”。一个女子语气活泼、直白地赞美着在汾水边采摘野菜的小伙子：“你看那勤劳的小伙子，英俊无双，跟那些公子哥儿真是不一样！”能如此公然赞美男性英姿的，在男性话语长期占据主导地位的中国传统中并不多见。有这样一则历史传说：南宋重臣贾似道的侍妾李慧娘，在上元节陪主人游西湖时，看到公子裴舜卿风度翩然容貌超群，就随口赞叹了一句“美哉，少年”。贾似道不高兴了，后来给众侍妾歌姬端上来一个木头盒子，里面是美丽的人首。赞美其他男人是会招来杀身之祸的，当然这里面包含了人的嫉妒、占有欲和权威的不可触犯。但在古代，女性能坦坦荡荡表露对男性的欣赏与喜爱，也似乎只有《诗经》时代，才有“彼其之子，美如玉”这样的平等和无邪。而且，她赞美一个人不仅因为其勤劳、英俊，还在于他品行高洁，不同于那些纨绔子弟。

两千多年后的女人们呢？有些倾心于“霸道总裁”的刚柔相济，有些怀揣着“大女主”的人生抱负。面对英俊的“小鲜肉”或“男神”，女性那“迷妹”一样的欢喜毫不遮掩。很多现代女性也有过吃酸模的童年，但她们也许并不知道在悠远的汾河倒影中，一个英俊的小生曾被热切的目光追随。

读起《汾沮洳》，我会下意识地想起那个教我吃酸模解渴的姐姐。她就像《诗经》中那个性情热烈的女子，而我忘记了她带我走过一片山林，是否在河边遇到了她爱慕着的英俊的小伙子。

桃，人间芳菲色

关于桃花，胡兰成在他的『群芳谱』《今生今世》里写过一句『桃花难画，因要画得它静。』这句话中的不俗让我对其刮目相看，大概也解释了他的情事与风流。这个男人，大概是懂得宜室宜家的桃花，也懂得临水照花的桃花潭水的。

据一些靠谱学者的统计，《诗经》中出现的植物种类，不区分变种、品种名的话，一共有112种。翻读《诗经》就像步入一个植物的大观园：寻常草芥、药材蔬果、时花良木……这园子中植物品类虽芜杂，但基本属于“平易近人”“接地气”的范畴，不会让人有刘姥姥进大观园般的唐突和手足无措之感。

这众多花木中最平实喜气的要数桃花了。“其叶蓁蓁”“灼灼其华”的活泼是可以想见的热闹,透过纸背都能看见艳红的桃花开满了房前屋后，蜜蜂嗡嗡，在花蕊间忙来忙去。这般“突突”冒着热气的凡俗春景要说的是“宜室宜家”的女子和美满婚事。“宜者，和顺之意”，朱熹在《诗集传》中已经道出了中国传统家庭观：和气的、温顺的，桃花盛放一样拥有世俗的明艳和家常的欢喜。

中国人的审美自有一种极其入世的智慧。譬如形容小龙女、妙玉这样的女子肯定不会想到灼灼生艳的桃花；说到“北方有佳人”的时候，必然

其葉蓁蓁灼灼其華
平水禪客南穀小蓮
小蓮

要说“遗世而独立”。在曹公的大观园中长辈们选择“宜其家室”的女子自然不会选在桃花树下迎风泪流、戚戚葬花的黛玉。出尘不流俗的女子身上自有一种冷清和隔绝，林黛玉也曾在《桃花行》中写到“人与桃花隔不远”。这种“不隔”就是笃实稳定的烟火气，是温暖可感的日常生计，是“人面桃花”这样自然的生机和繁衍之力。

杜拉斯曾说：“爱之于我，不是肌肤之亲，不是一蔬一饭，它是一种不死的欲望，是疲惫生活中的英雄梦想。”想必在她那里，一蔬一饭的熨帖桃花是没有分量的；但在寻常人那里，对英雄梦想是没什么招架之力的。在港剧中，要表达对一个人的爱怜和关怀常常会出现一句台词：“我去给你煮碗面吧。”百姓人家的生活就是这样，在四季中流淌，在家室间辗转。有一个“宜其家人”的女子是多么重要，她会像一只张着翅膀的母鸡，呵护着整个屋檐下的一大家子。至于屋外的桃花是否还艳好，似乎没有那么重要。

《诗经》中乃至整个汉唐时期，桃花都是这样明丽温存的形象，而在后代（特别是宋代以后）桃花的形象出现了转折，多有妖艳之意。近代提到桃花一词，也颇具负面的意蕴，如“桃色新闻”“桃花运”“桃花眼”。这样的声名几乎要赶超纷扬的杨花了，大概是因为桃花开时，场面盛大而易招蜂引蝶吧。当然，也因为人们的审美已经脱离了传统的家室之宜，有了一种“食色”的眼光和消费意味。

关于桃花，胡兰成在他的“群芳谱”《今生今世》里写过一句“桃花难画，因要画得它静”，这句话中的不俗让我对其刮目相看，大概也解释了他的情事与风流。这个男人，大概是懂得宜室宜家的桃花，也懂得临水照花的桃花潭水的。

共生

大千世界，实在是有太多的物种太多的生命形式和可能，菟丝子总会找到它的寄主，我们每个人也总会找到自己的『寄主』。这『寄主』有时是个人的远大前程，有时可能是与他人共建的组织，有时可能就是具体的另一人。谁也不是一座孤岛，依附，有时是岛屿向大陆索求生机和动力。

虽然现代人经常相互调侃“没文化真可怕”，但现代资讯如此发达，外事可问谷歌，内事可问度娘，还可以上知乎，人人都可以分分钟变身为一个“知道分子”。不读古书是很难察觉自己没文化的，为何要以读古书作为考察文化的试金石？好吧，那我问你，你知道“唐”在古代是指什么植物吗？——你一定以为我打错字或出错题了吧，“唐”不是一个耳熟能详的朝代吗？

“爰采唐矣？沬之乡矣。云谁之思？美孟姜矣。”（《诗经·鄘风·桑中》）早在两千多年前就用来起兴的菟丝子肯定没有想到在后世会有一个气象盛大的朝代也名之以“唐”。在《尔雅》中，菟丝又叫“唐蒙”。想破头也想不到吧？对，那现在你知道了“唐”的的确确是一种植物，就可以按图索骥，去搜索菟丝的习性、科属、生长环境等，进阶为高级“知道分子”了。

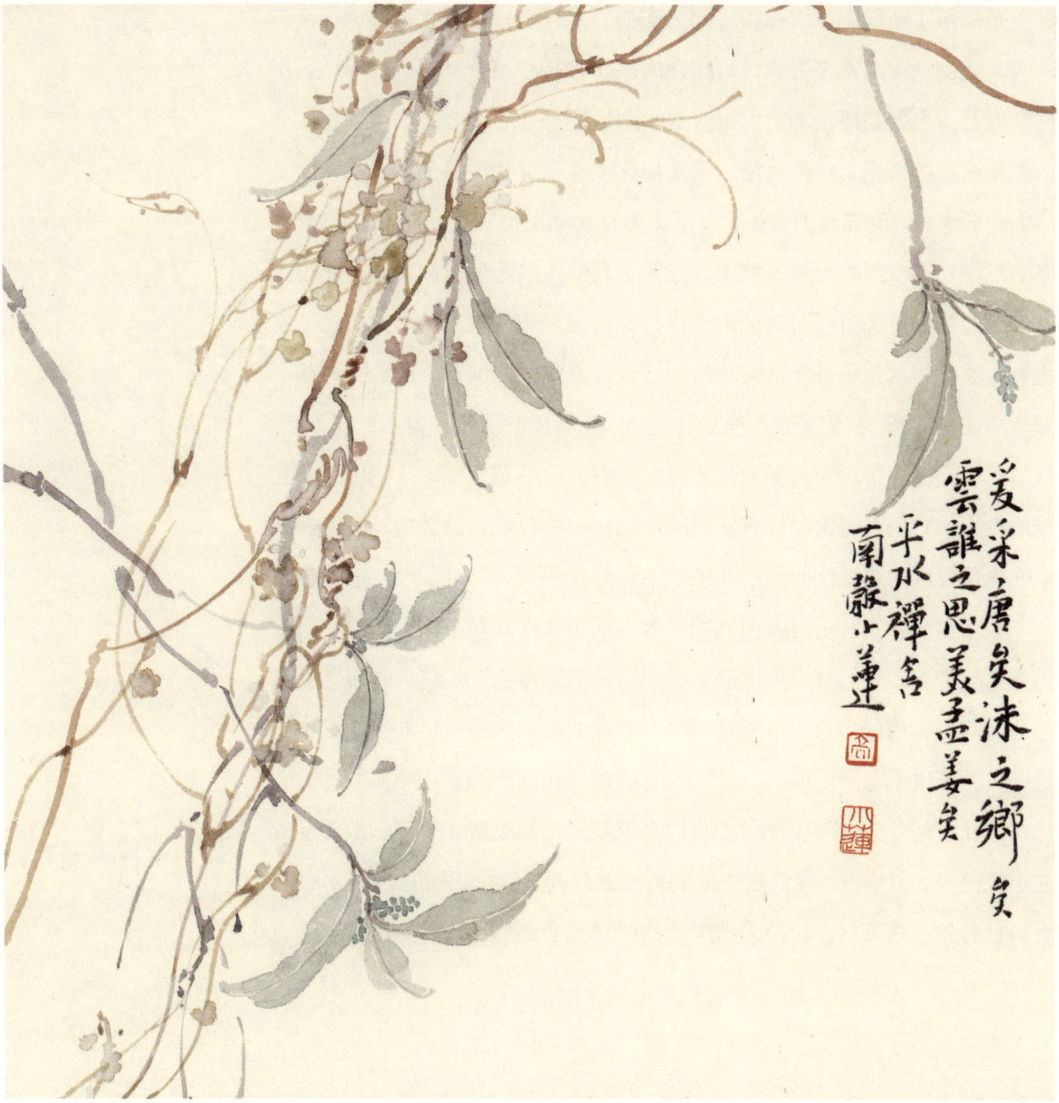

藤蔓状的寄生植物本身纤弱，无法脱离寄主而活，但它们往往又具备旺盛的生命力，缠绕牵附于寄主，与其形成一种柔韧的共生。《桑中》是一首情人相会聚散之诗，以菟丝起兴，不仅是幽会的郊野菟丝正繁茂，想

必也是借用了菟丝那种缠绵羁绊的情态吧，无怪乎后世有人诟病该诗格调不高。我倒觉得《桑中》全诗写相会的顾盼等待、难分难舍都很单纯，虽然情致活泼，但是还谈不上大胆奔放，到底还是“思无邪”。菟丝好比人们委婉往复的情思，你侬我侬，恨不能你中有我，我中有你。

在今天，说到菟丝的寄生，大概又会有女性主义者跳出来背《致橡树》了。没错，在中国的一贯语境中，凌霄、茑萝这些藤蔓植物都要被比附为“借你的高枝炫耀自己”的依附人格，更何况是菟丝子这种堂而皇之的寄生物？被世俗教化和被现代文明规训的人，真的很难纯粹去体会树缠藤、藤缠树这种生态。我们一定得有姿态地、以一棵树的形象和他人站在一起。这当然也是社会进步和人类进化的应有之意，但是菟丝和凌霄们也会有它们的春天，它们对寄主同样有它们的反哺，哪怕仅仅只是缠绕。而一棵树也许也仅仅因为这缠绕而免于孤独地生长吧。

大千世界，实在是有太多的物种太多的生命形式和可能，菟丝子总会找到它的寄主，我们每个人也总会找到自己的“寄主”。这“寄主”有时是个人的远大前程，有时可能是与他人共建的组织，有时可能就是具体的另一人。谁也不是一座孤岛，依附，有时是岛屿向大陆索求生机和动力。比如，在了解菟丝这种植物时，我们会依赖过往的史料和知识。因为前人的建筑已经非常恢宏，我们走进他们搭建的房间里，我们知道，我们领悟，我们甘心做一簇菟丝，获得大地深处的讯息和心跳。

牡蒿的苦辛

谁又能比这些失去了亲人的人更理解亲情的可贵呢？从这种人类贯穿在血脉中的情愫中，我感到人性最珍贵的东西，不会随着飞机、高铁这些迅猛的科技而变迁。它恰似生生不息的蒿草，无论是紧紧团抱还是独自生长，都含着相似的苦辛，也努力开花结实。就像那位女士，在机场嘈杂的人流中，她接起儿子的电话，告诉他，南方的天空正下着暴雨。

今年夏末去江浙的一个城市出差，遇到飞机故障加上天气恶劣，全部人马被滞留在临时酒店过夜。和我同住的是一个看起来干练、能干的中年女士。飞机迫降原因不明、航空公司沟通不利，乘客们情绪爆棚，折腾了大半夜也只好潦草睡去。第二天依然无法起飞，一伙“天涯沦落人”毫无办法，相互认识聊天解闷。这样的萍水相逢，聊了什么都不重要，也不会被谁刻意记取，但我清晰地记得说到给家人报平安的时候，同住的中年女士对我说：“你真幸福啊，父母都健在。我的母亲在我29岁的时候去世了，从此之后，谁只要提到‘妈妈’二字，我都难过不已。”我记得当时她眸中泪光闪动。

这种“子欲养而亲不待”的悲痛，是人类共通的感情，古往今来皆如是。《诗经·小雅·蓼莪》中就有这样痛彻心扉的涕泣：“蓼蓼者莪，匪莪伊蒿。哀哀父母，生我劬劳。蓼蓼者莪，匪莪伊蔚。哀哀父母，生我劳瘁。”看那抱娘蒿长得多茂密啊，而我却像零落的散蒿；可怜我的爹娘，抚养我受尽辛劳。看那抱娘蒿啊，相互依偎，而我却似伶仃的牡蒿；可怜我的爹娘啊，辛苦拉扯我长大。接下来诗人恸哭了自己的不幸，“欲报之德，昊天罔极”！欲报父母恩，然而老天啊，带走了生我养我的父母。不管诗中所祭悼的父母是逝于何种缘故，失去至亲的悲痛，在字里行间浓得化不开，字字泣血。

诗中的“莪”是多年生的草本植物，俗称“抱娘蒿”，这个名字听来都要让失去父母的人垂泪了。再看它簇簇丛生，身边依偎着亲眷，长得多

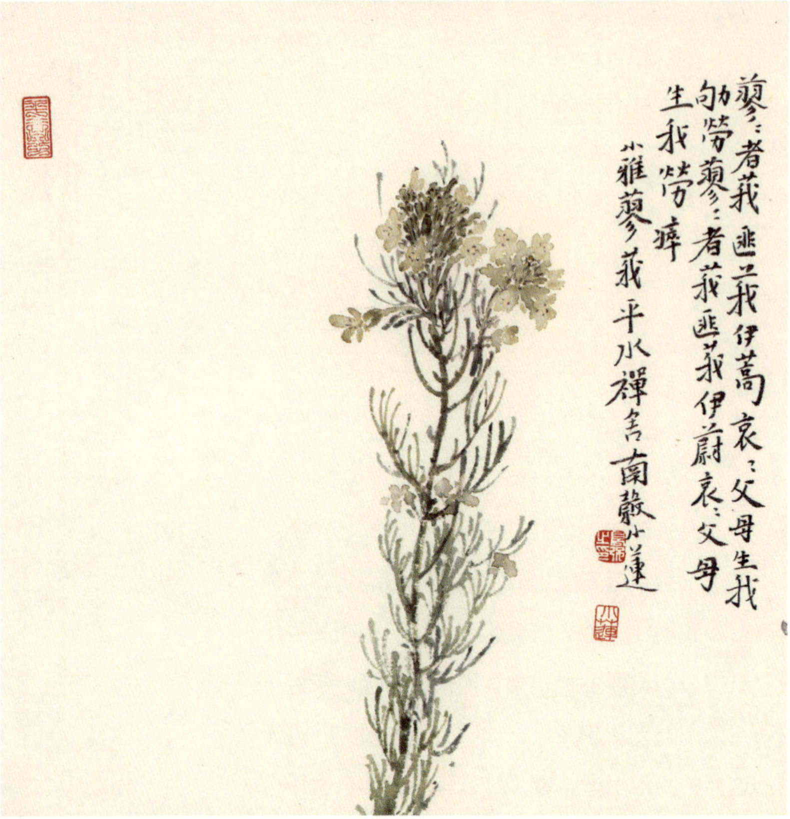

么蓊郁自在啊！“蒿”应该是指青蒿白蒿之类的蒿草。在《尔雅》中，“蔚”被确切地认为是牡蒿。为什么以牡蒿自喻？因为这种蒿草，秋天开花结实，但是它的花朵细小，种子又含于总苞中不容易被发现，古人就认为牡蒿是不结实的，就像失去了双亲、孤苦伶仃的可怜人。

人无论多大年纪，有父母在，就感到人生尚有庇护。一个中年人曾形容说，父母过世后，“感觉头顶的瓦被揭了”。我深深理解那位旅途偶然相逢的中年女士，她的内心一定有“无母何恃？出则衔恤，入则靡至”的悲切。谁人不想做一棵有枝可依有娘可抱的莪蒿呢？

谁又能比这些失去了亲人的人更理解亲情的可贵呢？从这种人类贯穿在血脉中的情愫中，我感到人性最珍贵的东西，不会随着飞机、高铁这些迅猛的科技而变迁。它恰似生生不息的蒿草，无论是紧紧团抱还是独自生长，都含着相似的苦辛，也努力开花结实。就像那位女士，在机场嘈杂的人流中，她接起儿子的电话，告诉他，南方的天空正下着暴雨。

忘忧草

萱草又名忘忧草，如果一家人没有离散，屋旁黄花盛开，日子平淡充盈，确实是可以让人忘忧的；但战争带来生离死别，带来仇恨和人性中的黑暗，让无数渴慕安居乐业的人头顶布满不祥的乌云。

今年的巴西里约热内卢奥运会开幕式亮点颇多，不论是超模“吉娘娘”（吉赛尔·邦辰）的走秀，还是朗诵诗人卡洛斯·安德拉德的诗篇《花与恶心》，都让人感到巴西除了缤纷的热情，还有向往自由与和平的蓬勃意志。尤其是在运动员代表团中出现一支特殊的队伍——难民代表团。这些难民逃离战争、暴力和迫害，在各自的庇护国寻求避难。看到他们的身影出现在欢庆的现场，让人眼眶发胀。他们背负着国破家亡、颠沛流亡的命运，有的期待失散的家人能在电视上看到他们。

战争不是现代社会的产物，它伴随了几乎整个人类历史。“君子于役，不知其期”（《国风·王风·君子于役》）这样的战争诗篇在两千多年前的《诗经》中有随处可见。中国古代还有一个著名的文学形象——孟姜女。相传孟姜女寻夫至长城脚下，听闻丈夫已埋骨巨石之间，她放声痛哭，哭倒了长城八百里。这被后世称为人类伟大遗迹的长城，恰是人类战争的明证。“伯兮朅兮，邦之桀兮。伯也执殳，为王前驱”（《国风·卫风·伯兮》），英武的丈夫被派往前线，妻子在家中辗转思念。“焉得谖草，言树之背。愿言思伯，使我心痗”，谖草，也就是萱草，家常的黄花菜，种植在屋子的北面，眼看着黄花开落，派往战场的丈夫啊，没有音讯。

战争的残酷不仅是正面战场上的血肉相搏，更是它背后破碎的家国、离散的亲人。前段时间，我住在北方的一个学校里，每天路过一个花坛，花坛里种满了萱草，几经确认，那应该是能食的花黄菜。花期正盛，每次路过我都生出偷偷摘花回去凉拌的念头。有时也会想起《伯兮》，那个每

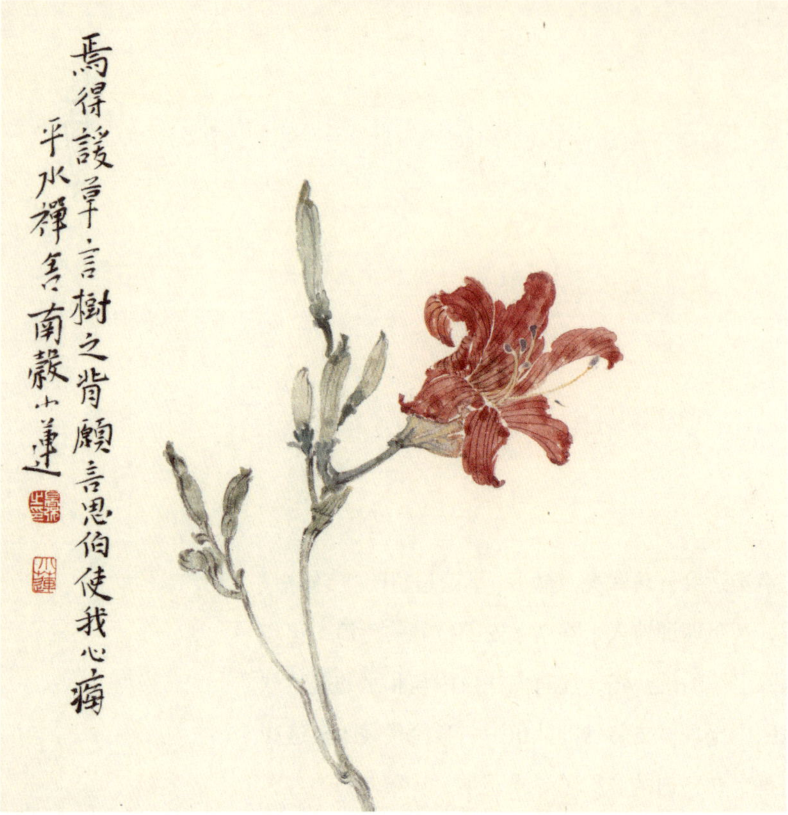

日对着黄花憔悴的妻子，有着怎样忧虑的心境？萱草又名忘忧草，如果一家人没有离散，屋旁黄花盛开，日子平淡充盈，确实是可以让人忘忧的；但战争带来生离死别，带来仇恨和人性中的黑暗，让无数渴慕安居乐业的人头顶布满不祥的乌云。

后来，有一天我路过花坛，发现萱草的顶端光溜溜的，黄花们已经被摘除得干干净净。我哑然失笑，原来每天路过的人不止我一个人想摘花，还真有人这么做呢。而在两千多前的那些思念征夫的妇人呢，她们头也不梳，容颜憔悴，“自伯之东，首如飞蓬。岂无膏沐，谁适为容”？战争不仅使战场成为废墟，也使得人心荒芜，纵有萱草繁盛，也没有心思采摘。奥运会上的难民们也一定在思念他们的亲人和家乡吧，那里也许也有忘忧草正在开花，也许还有对着花草垂泪的老妈妈。

美国军事家罗伯特·李将军曾说：“战争如此残酷是件好事，否则就会有人喜欢它。”无论如何，还是希望这世界能有更多喜欢萱草的人。

旋花其野

就如，在距《诗经》二千多年的今天，依然有弃妇，但更有许多不再控诉男子、走投无路的女性。野地上旋花依然盛开，但人们早已把它视为可供赏看的野花野草，再没有迁怒于它的恶名。

天朗气清的秋日，亲友们带小朋友在野外玩，小朋友们看到低矮的藤蔓上爬满了紫色、粉色的旋花，便要伸手去摘。记得我小时候，老人说，那叫作“打碗碗花”，小孩儿摘玩此花回家是要打碎碗的。这当然是玩笑话，此花形似小碗口的器皿，向天空小心翼翼地托举着，在花期的花球早晨，能盛满一小碗雨露。那薄薄的花盏也像一个个小喇叭，像对着孩子们“扑突突”吹着淡粉色的肥皂泡泡，所以人们也叫它们“喇叭花”。

摘旋花来玩儿倒不要紧，要紧的是要是错摘了藤长苗[拉丁名：Calystegia pellita（Ledeb.）G.Don]的花朵，恐怕就要小心了。藤长苗的花朵也呈旋覆状，倒放的小伞，白白粉粉，但是全株都有毒，不可亲近。旋花和藤长苗的花朵相似，均属于山花野草，一般人难以分辨，就连古代的老祖宗也常常语焉不详。譬如，《诗经·小雅·我行其野》中“我行其野，言采其葍”的“葍”，究竟是指旋花呢还是藤长苗，就很难定论，后世也各执一词。但该“葍”必然是一种“恶草”无疑了。为什么？因为《我行其野》是一首标准的弃妇诗，丈夫喜新厌旧，被抛弃的女子行走在荒野之上，以路遇的“樗”“蓫”“葍”等恶木毒草自比，遇人不淑，所托非人。女子彳亍于荒野，满目恶木，深感遭遗弃的身世，痛苦飘零。

无论“葍”是指旋花还是藤长苗，它都不是可以作为食材的草木，古人判断良草佳木，一是判断它是否有毒，二则看它的实用价值。藤蔓上花朵遍生，也许像男人当初光鲜的许诺、婚姻初始时的繁花锦簇。然而，“不思旧姻，求尔新特。成不以富，亦衹以异”；不因新欢家境富庶，却道故

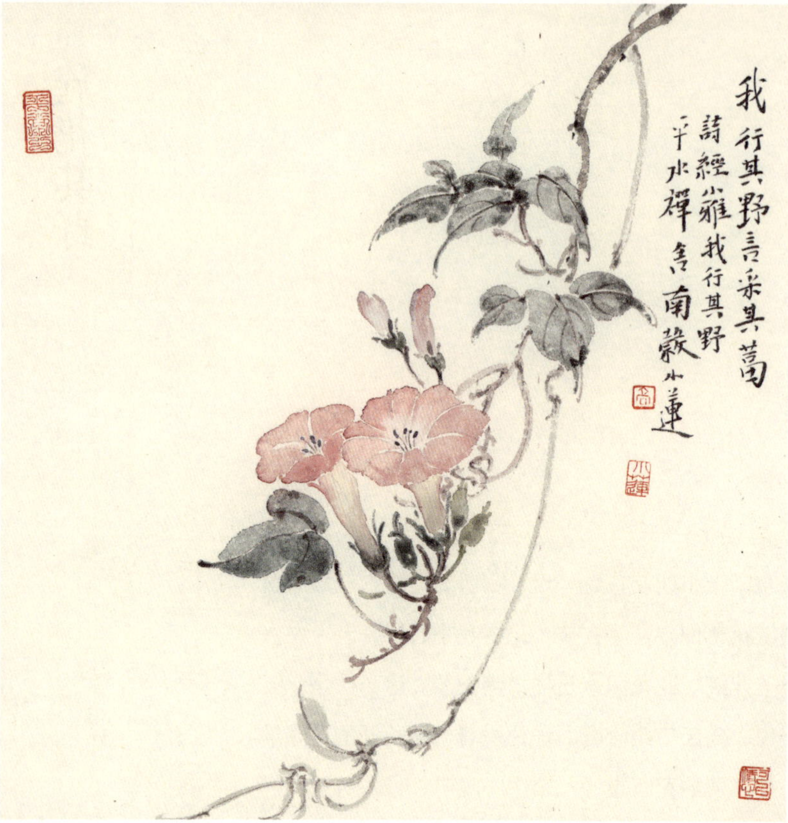

人心易变——弃妇在诗中如此痛诉，而我却认为她恰好说出、又回避了这样一个真实：新欢家境之富庶，很有可能是导致诗中女主角被弃的一个重要原因。不仅是在物力贫乏的农耕时代，经济基础不仅是缔结婚姻的一个驱动力，更是女性成为男性附庸，乃至沦为“弃妇”的主要因素。古往今来皆如此，经济不独立，就像需要攀附于他木的旋花长藤，匍匐之姿很难获得真正的人格。而人类婚姻的本质，剥落那一层温情脉脉的面纱，就显出其冷酷。陈世美、李益、李甲……贫寒书生，初时清寒潦倒，时来运转后背情弃义、攀附权贵的古典文学形象实在不要太多。这样的剧目支撑了太多的戏剧和真实的人生，荣华富贵考验的不仅是人性的欲望，更是每一个社会阶段中，人怎样理解自身和他人的价值。

就如，在距《诗经》二千多年的今天，依然有弃妇，但更有许多不再控诉男子、走投无路的女性。野地上旋花依然盛开，但人们早已把它视为可供赏看的野花野草，再没有迁怒于它的恶名。

异乡人的小米

现代的乡愁也许真的只能在最最私己的餐食中才偶然泄露，一碗甜糯的小米粥或一份鸭血粉丝汤。而那一刻的思绪，也许是千年来从未进化的部分。

在漫长的人类迁徙史中，从亚寒带到热带，从山地到平原，人类都表现出了对外在环境极强的适应能力和进化能力。只有人的味蕾保存着一种顽固的记忆——“家乡的味道”。比如一个成都人会用麻辣蘸水在纽约的公寓煮鱼，一个广州人在北方街头想念一盅老火靓汤……异乡人的形象，是在被咀嚼和消化时才分外明晰起来的。

寓居北方的时日，我常常穿过各种面馆、涮锅、卤煮店去吃一碗加酸笋的米粉；而我的北方友人经常在南方的早点铺前长吁短叹，觉得这里连一碗黏糯可口的小米粥都熬不出来。小米，这原产自中国北方黄河流域的粮食作物在北方人的生活中一直拥有相当重要的地位，也是“五谷”中的一员。《诗经·小雅·黄鸟》“黄鸟黄鸟，无集于榖，无啄我粟”中的“粟”就是指小米。这也意味着，两千多年前中国的北方大地上就广泛种植着“粟”。粟米须根粗大，适合在干旱而缺少灌溉的北方生长。一年生的庄稼，脱去谷壳就是黄色、紫色等各种颜色的小米粒，烹煮之后都是香喷喷的粥饭。小米粥是养胃极佳的食物，据说，除了小米含有的无机盐和维生素之外，小米的芽中含有大量的酶，有健胃消食的作用。难怪喝着小米粥长大的北方人大多长得高大健壮，拥有一副大块吃肉的好胃口。

《黄鸟》则是一个流落北方的异乡人的苦楚。“黄鸟黄鸟，无集于榖，无啄我粟。此邦之人，不我肯穀。言旋言归，复我邦族。”黄鸟啊黄鸟，不要啄食我的粟米，这个地方的人啊，待我不友善，还是快快回去吧，返回我的故乡。整首诗一咏三叹，诉说着一个异乡人在受尽欺凌冷落的地方

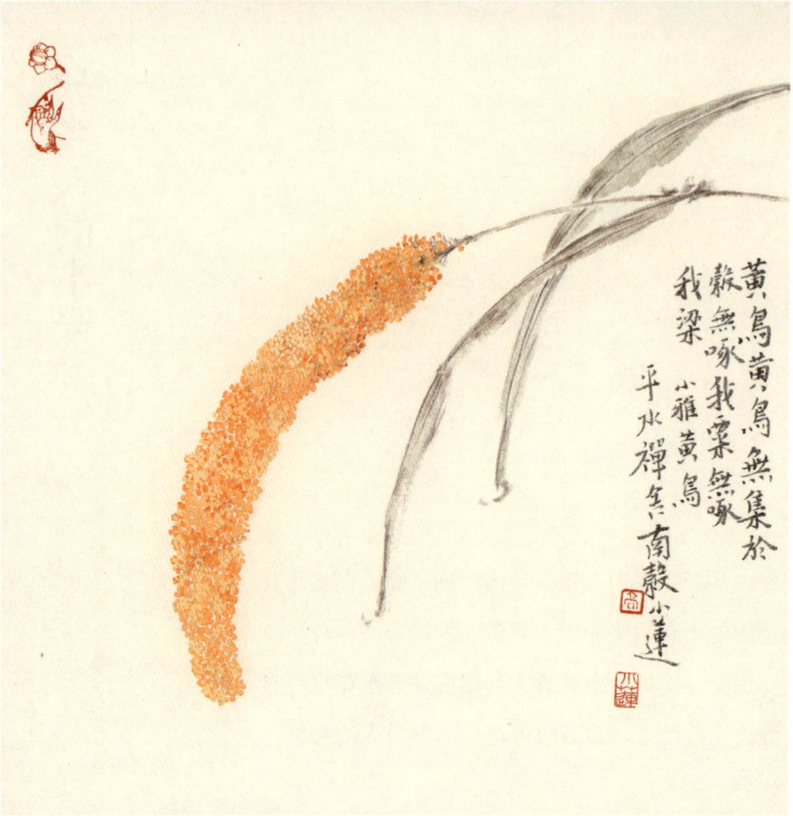

想念故土的心境。背井离乡，实非人愿，何况自己辛勤种植的粟米，还要被成群飞来的黄鸟啄食。后世有人认为这首诗的写作背景是礼崩乐坏的周宣王末年，人们流离失所，生活动荡艰难。其实，不管是什么时代，只要是人们被迫离开自己的故土，被动失去安稳的生活环境，必然是苦楚艰辛的。连黄鸟都飞来欺负我，这片土地上没有任何东西可以庇护我、属于我，这是多么悲哀!

有时，我们寻找一口“家乡的味道”，实际上是在寻求一种抚慰和“生有来路”的辨认。饮食习惯包含着我们的生活经历、生存方式以及我们和其他人的联结。在今天，人们像黄鸟一样，在世界范围内频繁迁徙；在现代都市中，我们会遇到各种各样的“异乡人”，怀抱各自的愿景和梦想，使用共通的语言，已经分辨不出到底谁才是“外来客”。现代的乡愁也许真的只能在最最私己的餐食中才偶然泄露，一碗甜糯的小米粥或一份鸭血粉丝汤。而那一刻的思绪，也许是千年来从未进化的部分。

但见游龙

想必在游龙浮动的岸边也有郑女一样的女子向自己的心上人撒娇嬉笑吧，他们也许不会想到，两千多年前，红蓼开遍北方的水泽，年轻的男女在岸边相会，也是这样，热情又明亮。

古人形容女子之美，想象旖旎辞藻丰富，什么“颜如舜华”“沉鱼落雁”，什么“翩若惊鸿，婉若游龙”“一顾倾人城，再顾倾人国”……今人形容美人可就简单粗暴多了，两个字：女神。古来写美人的篇章中，曹植的《洛神赋》可以说是一个经典范本，它描绘的可是一个真女神啊，艳丽缥缈，风姿绰约，让人可望而不可即；美人体态轻盈婀娜，似鸿雁惊飞又似游龙婉转。

以“游龙”之姿来形容美人，可见美人矫健柔韧，不是不堪风雨的羸弱；可见早先古人对女子的审美并非只有三寸金莲般的病态。“游龙”呢，是说蛟龙蜿蜒，在《诗经》中说的是水泽间繁茂的植物——红蓼。

“山有扶苏，隰有荷华。不见子都，乃见狂且。山有乔松，隰有游龙。不见子充，乃见狡童。”（《诗经·国风·郑风·山有扶苏》）《郑风》历来被卫道士们视为“靡靡之音”，从《山有扶苏》中大可以窥见一二。它以大胆、戏谑的口吻描写了女子与自己的心上人见面时的调笑。“山上有挺拔的青松啊，池子里有茂盛的红蓼。没见到俊美的好男儿啊，偏偏遇见你这个小狡童。”口气里透露着亲昵、调侃，还有些许狡黠的挑逗。如此活泼生动的嬉闹，新鲜热烈的荷尔蒙的气息洋溢其间，无怪乎要被一些人视为“淫声”了。

在山间湖畔见到自己的心上人，《山有扶苏》中的女子可不是“心悦心兮君不知”那般含蓄低婉，而是大大方方地上前嘲弄他。这里面包含着一种不必藏掖的熟稔、无须低眉顺眼的平等。在女子轻快、调皮的调侃中，

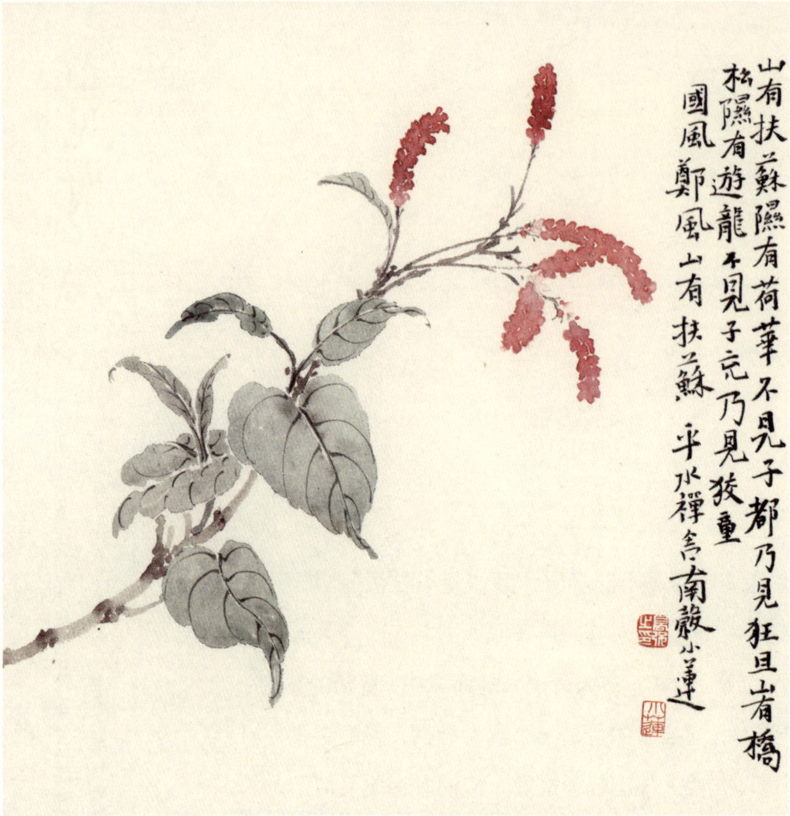

似乎可以想象男子的相知和应答，你来我往其乐融融。好比今天的男女相互爱慕，你叫我“小冤家”，我戏称你“小傻瓜”——哎，怎么感觉今人的文采又输了一大截呢？《郑风》所写的男女情事和欢悦，虽直白大胆，却无比健康茁壮。像红蓼在岸边里生长，该开花时就开花，该垂下穗子就垂下红白相间的穗子，自有一番自然、坦白的天真之气。

据说，红蓼之所以被称为“游龙”，是因为“枝叶之放纵也”，红蓼生命力旺盛，在湿地容易生长繁衍，在中国大部分地方都有广泛分布。红蓼虽是一年生的草本植物，但它的花期很长，此起彼伏，可以开足大半年，花叶交错，远远看去，像在水面游走的红色蛟龙。《山有扶苏》书写的亦是蓬勃的情事，不知是抬眼一瞥的巧合还是古人比兴的心思处处皆是。

由于红蓼容易栽培，又适于观赏，很多湿地公园用其作为园林植物。想必在游龙浮动的岸边也有郑女一样的女子向自己的心上人撒娇嬉笑吧，他们也许不会想到，两千多年前，红蓼开遍北方的水泽，年轻的男女在岸边相会，也是这样，热情又明亮。

桑榆之晚

东门之外的榆树依旧婆娑，但站在夕阳中等候的人已经稀少。我们活得如此迅捷，哪里听得见『且以喜乐，且以永日』的劝诫。我带着这样的怅惘，从清华园中摘走了一串榆钱，它让我感到时日仓促，我已人到而立，才遇见它。

作为一个在云贵高原出生的人，对于好多植物的认知是“可以吃的”和“不可以吃的”。漫山遍野的花草果木可以吃的实在太多了，覆盆子、酸酸草、山茶花蜜、鸡嗉子果……夏秋季节，野果繁盛，还要挑三拣四，分级而采。小时候对能吃的植物特别感兴趣，因此也很是垂涎书上所说的“榆钱饭”。想象不出北方的榆树是什么样子，小铜板一样的榆钱又怎样被捋下来和上面蒸熟，更想象不出那榆钱的口感是脆生生的还是青涩绵韧的。

第一次遇见榆树是成年后，在朋友的河南老家。她家院子背后有一棵高大的榆树，站在树下是一片盛夏的荫凉。朋友告诉我，春天榆树确实结满了扁圆的翅果，嫩的时候可以生吃，也可以捋下来蒸成榆钱饭，老了就会变苦。不过这几年连地里的庄稼都没人收，更没什么人吃榆钱了。我站在树下，想起《诗经》中关于榆树的描述：“山有枢，隰有榆。子有衣裳，弗曳弗娄。子有车马，弗驰弗驱。宛其死矣，他人是愉。”（《国风·唐风·山有枢》）山坡上长着刺榆，洼地中白榆菁菁；有人劝慰别人要及时行乐，不要等短促的生命终结，白白浪费了美好时光。仰头看着榆树粗糙的树皮和带着小锯齿的叶片，觉得两千多年前的《山有枢》与此时此刻很是相称，好像就在隔壁的院子里，一个邻人在劝解我们，不要白白浪费了这树荫、这庭院、这衣食无忧的美好时日。

可是，我还是没见到榆钱。《诗经·陈风·东门之枌》中的榆树倒是一再重现：“东门之枌，宛丘之栩。子仲之子，婆娑其下。”“枌”就是榆树。在描写爱情的篇章中，榆树不仅衬托着婆娑的身姿，更是一种良辰

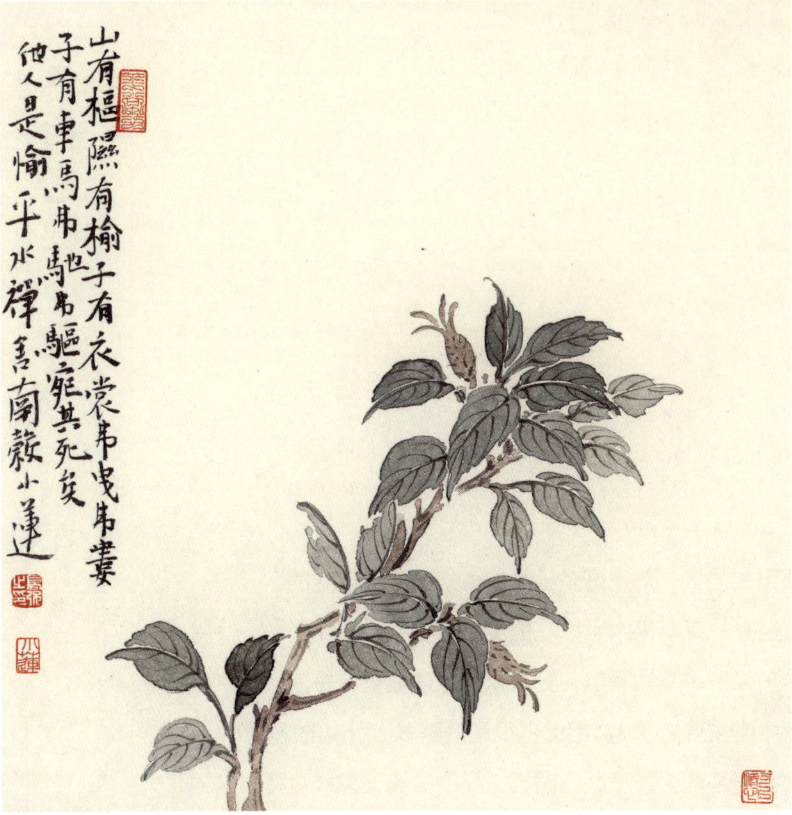

美景的时日象征。古代常把“桑”“榆”并称，落日的光影落在桑榆之上，说的是日暮也是晚景。

今年暮春的一个傍晚，北京的朋友相约清华园赏樱。薄暮中，樱花婉转，风摇影动，在古老的园子里让人真切地体会到生命的美仓促易逝。我们随水而转入圆明园遗址，头顶突然探出一簇簇嫩绿的、像叶子又像果实的枝丫——这就是榆钱了，我在心里指认了它。北方友人随之证明了它就是我心心念念多年的榆钱。忍不住摘了一串，捋了几片塞进嘴中，一股淡淡的清甜。比我吃过的高原野果野草都要温和的味道，完全不像榆木疙瘩那样粗糙，更不像其他北方树木那么大大咧咧，水分很薄，却有一种属于江南的脆弱。

榆钱饭是以前穷人用以果腹的，现在的人食物富足，也失去了慢慢咀嚼榆钱的兴致。东门之外的榆树依旧婆娑，但站在夕阳中等候的人已经稀少。我们活得如此迅捷，哪里听得见“且以喜乐，且以永日”的劝诫。我带着这样的怅惘，从清华园中摘走了一串榆钱，它让我感到时日仓促，我已人到而立，才遇见它。

郁金美酒

然而，我并未在任何一个地方见过郁金泡酒，更无缘一尝。有时对着母亲那一屋子酒坛我有点恍惚，如果郁金美酒是用于奖赏那些让人们免于战乱的卓著功绩，那么，平凡人家的酒酿就该是另一种美意，用于赞颂日常的安居。

盛夏的葡萄季，母亲从老家传来图片，她在院子里大张旗鼓晾晒葡萄和酒缸。可以想象，未来一年家庭自饮的葡萄酒有着落了。而且，邻里之间自酿的葡萄酒会经常“串门”，妈妈们会相互交流各家葡萄酒的口感和酿造心得。你以为这就结束了？那你就低估中国民间的酒文化了，母亲在家辟有一间凉房，专门保存那些大大小小的酒坛。酒坛泡有各种各样的药材、青梅、蛇胆等。有些陈年老酒从来不饮，但应该都大过了我的年纪。进屋一看，还以为到了什么标本馆，然而，这不是我家独有，哪个高原地区的少数民族人家没有几个这样的酒坛呢？

海南黎族人家的酒缸里泡着的蜈蚣、蝎子等传说中的蛊毒之物，更是瘆得人一阵心慌,不知那些远道而来的贵客是如何冷汗涔涔地饮尽一杯“迎宾酒”的。药物泡酒也可谓是中国人的“国粹”了吧？早在《诗经》时代，人们用郁金泡酒，谓之“黄流”。“釐尔圭瓒，秬鬯一卣”（《诗经·大雅·江汉》），“鬯”（唱音），就是姜科植物，姜黄，也称为郁金。这是一种多年生的草本植物，在冬季茎叶枯萎后，人们采挖膨大的块根，蒸煮后晾晒干燥，可以作为活血止痛的中药。它还有一个重要的用途，那就是泡酒。在《诗经》时代，人们就懂得把郁金的根块浸泡于黑黍酿制的酒中，据说酒色会变得金黄而芬芳。《大雅·旱麓》中描述的“瑟彼玉瓒，黄流在中”，就是盛在玉壶中的郁金美酒。从《诗经》中的记载可以看出，郁金酒在当时并不是普通的酒水，而是用于祭祀神灵先祖和宴饮的佳酿。

“釐尔圭瓒，秬鬯一卣。告于文人，锡山土田。于周受命，自召祖命，

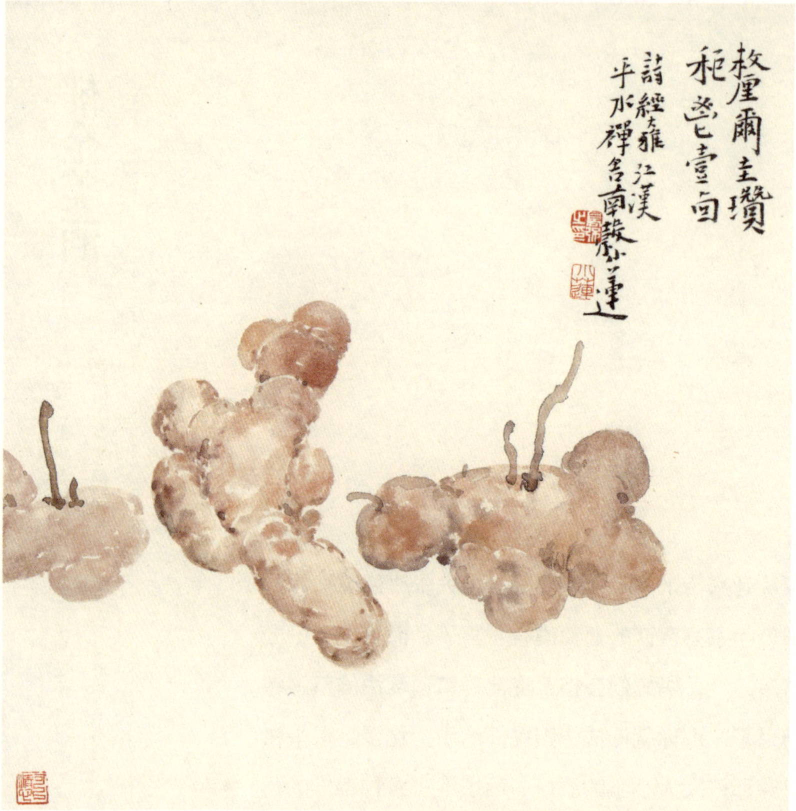

虎拜稽首：天子万年！”《大雅·江汉》一诗记叙的是召伯虎平定淮夷之乱归来周王大加赏赐之事。赐你圭瓒以玉为柄，再赐一卣郁金美酒。秉告文德昭著先祖，还要赐你山川田畴，到岐周进行册封。这恩宠是多么隆重，也显示出平淮夷之乱的赫赫功绩。因此后世有人认为这首诗是召伯虎本人所作，不仅纪其功事，重点更在于赞颂周宣王的英明。这种考据不无道理，因为传世的周代青铜器召伯虎铜簋上的铭文同样记录了这件事。

当然了，一同传世的还有郁金美酒，色泽金黄饱满，香味浓郁，确实是人间佳酿。有意思的是，《诗经》中的“鬯”是一个象形字，好似盛酒的器皿中盛着酒水，“秬鬯”就是特指黑黍郁金酒。

然而，我并未在任何一个地方见过郁金泡酒，更无缘一尝。有时对着母亲那一屋子酒坛我有点恍惚，如果郁金美酒是用于奖赏那些让人们免于战乱的卓著功绩，那么，平凡人家的酒酿就该是另一种美意，用于赞颂日常的安居。

桧楫松舟

在近代日本殖民时期，为了扩充军备，日本军队曾大规模砍伐台湾的红桧木制造军舰甲板，造成了红桧木资源的极大破坏。而今，人们对桧木资源的珍视就像对和平的渴念，在山岭间、在庙宇庭园间，静默生长。

中国字特别有意思，一些偏旁、部首相同的字往往含有相似的意义。譬如，“会”，有会合、聚集、交汇之意，有它出现的字通常也含有这些意思。“绘”是多种颜色的交会，“荟”是植物的集合，“大杂烩”的“烩”自然不必说了。有一种叫作“桧”的树木，也是集合了柏叶、松身的独特乔木。

这种可以高达20多米的乔木，叶片在幼树上全部为刺形，随着树龄的增长刺形叶会逐渐被鳞形叶代替。松形的树枝和树干姿态优美，古代中国就将其作为重要的庭院树。今天的北京天坛、戒台寺等地方，你还能看到高大苍翠的“桧”树——今天我们所说的“圆柏”。这种古典而优雅的树种年龄可要大过那些老建筑，《诗经》中已有它的倩影。

“淇水滺滺，桧楫松舟。驾言出游，以写我忧”（《诗经·国风·卫风·竹竿》），淇水之上，人们驾着桧木轻舟，忧思忡忡的人啊，四处漂游。圆柏耐寒，寿命长，生长速度比侧柏等树种慢，它的木质芳香而且坚韧致密，有很强的抗腐力，无论是古代还是今天都是比较贵重的木材。古代人不仅用桧木制船，还用来打制棺椁、建造房屋。

《竹竿》中反复出现的“淇水”，正是卫国的象征。诗中的女子在卫国的淇水之畔度过了自己的童年和青少年时光。“籊籊竹竿，以钓于淇”，“淇水滺滺，桧楫松舟”，人们在淇水间往来、垂钓、郊游，这都是“我”记忆里美好的篇章啊。无奈长大成人远嫁他乡，想念故土的时候，淇水的波涛就会在心中涌动，而“我”只能驾车四处漫游来解闷。后世关于《竹竿》的普遍解释是一个远嫁他乡的卫国女子对于故土的思念之情，忧伤又

含蓄，像淇水一样悠久。而在《诗古微》中，魏源以为此诗“亦许穆夫人作”。许穆夫人是卫宣姜的女儿，长大后远嫁许国。其后许穆夫人的兄长卫懿公掌权时期，即公元前660年，卫国被狄人攻陷而灭亡。《国风·鄘风·载驰》是《诗经》中正面描写许穆夫人在得知故国危亡之际心急如焚的悲愤。而在《竹竿》中，作者感情的浓度明显降低，更多的是一种徘徊的忧思，甚至不太看得出是一种故国破而家亡之后的悲恸。所以此诗真正的作者，确实不一定是那个拥有“百尔所思，不如我所之”的大丈夫气的许穆夫人。

说到淇水上的桧木轻舟，在我国台湾省气候高冷的阿里山区，亦生长着一种珍贵的桧木——红桧。在近代日本殖民时期，为了扩充军备，日本军队曾大规模砍伐台湾的红桧木制造军舰甲板，造成了红桧木资源的极大破坏。而今，人们对桧木资源的珍视就像对和平的渴念，桧木在山岭间、在庙宇庭园间，静默生长。

更有意思的是，日本著名的文学作品《源氏物语》多次提到桧木制作的扇子。看来，日本古代贵族对桧木也是真爱呢。

四月远志

在遥远的《诗经》的四月，远志的叶脉焕发出成熟的光芒，种子紧密，是那么自足，也是那么宁静。

农历四月，正是大多数植物努力拔节、拼命生长的时节，枝叶向荣，果实青涩。四月果实成熟的植物不常见，远志是其中一种。这种主根粗壮的多年生草本植物，个头不高，多见于海拔两千多米以下的草原、山坡、灌丛中或者杂木林下。远志叶茎纤细，开淡紫色的花，是不起眼的小草，也被人叫作“小鸡腿”或者“线茶”。

“小鸡腿”的“腿”，根部却很发达，韧皮的肉质根茎，形似麻黄，是安神益智、解郁的良药，多用于治疗惊悸、健忘、多痰，痈疽疮肿等症。古人把这“有用”的根部称为“远志”，《本草经》中说它“强志倍力，久服轻身不老”，所以被叫作“远志”，听起来像一剂长生不老药呢。而在《诗经》中，它被的名字是“葽”。

“四月秀葽，五月鸣蜩。八月其获，十月陨萚。”（《诗经·国风·豳风·七月》）四月远志结籽，五月鸣蝉声声；八月田间收获忙，十月树叶簌簌落。《七月》全诗不仅反映了周代早期农业生产和农民的日常生活

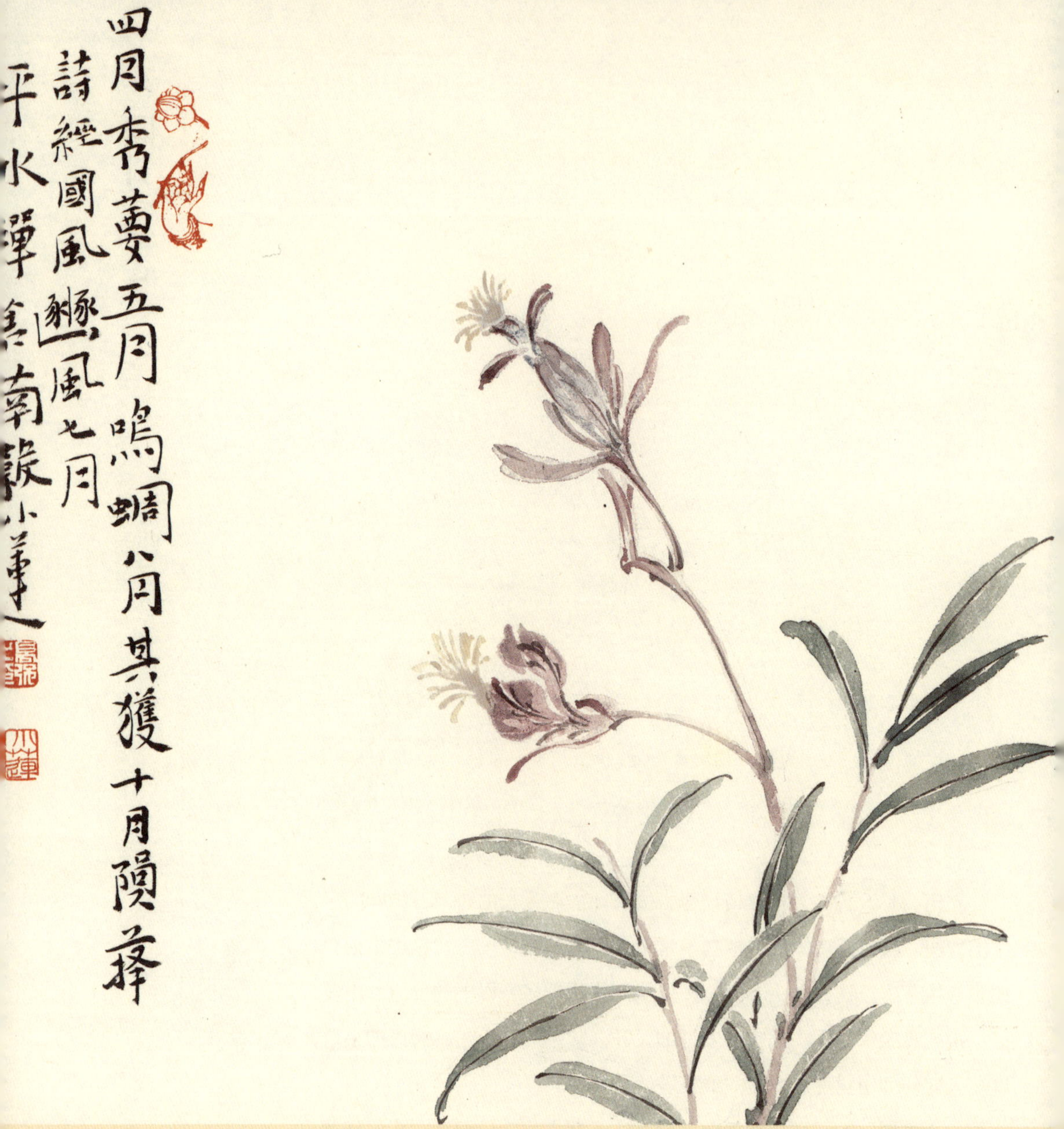
四月秀葽 五月鳴蜩 八月其獲 十月隕蘀
詩經國風豳風七月

情况，更写出了自然时序中动植物的繁衍生息。譬如六月食李子和葡萄，七月煮葵又煮豆；十二月凿冰冲冲，正月搬进冰窖中……今天读来，特别让人感慨。现代人的生活很多时候是与自然相互忘却和违背的：反季节的水果满大街都是，温室里的花朵四时鲜妍；夏天也可以在人工降雪中感受冬意……《七月》像是一片流动的山水田园，我们在其中领略到四季的变幻、农事的更迭、劳作的艰辛，还有人与自然的互动。这种自然的生长繁衍，长久地印刻在中国漫长的农耕时代，也印刻在中国人的性情和“远志”之中。中国哲学中强调的“天人合一”“自然之道”，无不是在阐述人与自然的关系，如何顺应，如何交融，如何与其相生相长。在西方，荷尔德林说，“人，诗意地栖居”。身处当下的科技时代回望，那种遵循自然时令的生活似乎更有诗意。人也像天地之间的一粒种子，领受着阳光雨露的施洗，也承受风暴霜雪的摧折，在属于各自的生命轨迹中发芽、长叶、开花、结籽。有的人如远志，在四月便结出卵形的种子，而有的人花期冗长，直到八月才慢慢凋谢。他们各自都用生命的热忱和质朴迎送着世间的春秋寒暑。

远志作为一种重要的药材在今天被普遍栽种，科学的培育方式能让它分别在公历四月和八月播种。它与两千多年前一样拥有喜欢向阳、喜欢排水较好的沙质土壤的脾性，根也是皮质韧性的块茎。至于药效，谁说得清呢？在遥远的《诗经》的四月，远志的叶脉焕发出成熟的光芒，种子紧密，是那么自足，也是那么宁静。

藻密行舟涩

木心曾说《红楼梦》里的诗词就像水草，放在水中，好看；取出水，即不好。细想之下，觉得木心此喻颇生动。

木心曾说《红楼梦》里的诗词就像水草，放在水中，好看；取出水，即不好。细想之下，觉得木心此喻颇生动。《红楼梦》里的诗词确实如湿润、绵密的水草，润泽着大观园中的生态，一旦离开那园子中的人事风物，便会失去饱满的水分情致。

藻，多半用于装饰，与水泽密不可分。水中生长的植物多半被人们视为洁净之物，古代三品以上的官员乃至天子的朝服上都会绣上藻类的纹饰，象征着廉洁。屋檐、建筑上也会出现水藻的雕饰，取水克火之意，祈愿避除火灾。

而在更早的朝代，水藻还没有进入人类审美和象征的视野，它们只无拘无束地生长在水域。“鱼在在藻，有颁其首”“鱼在在藻，有莘其尾”（《诗经·小雅·鱼藻》），游鱼在水藻间穿梭，自由自在，这一片水域就是它们的乐国。《鱼藻》当然不是单纯在描述鱼水之嬉戏、水藻之依伴，它实际上写的是周幽王在镐京（今陕西西安以西）的王宫里饮酒作乐、安逸逍遥。后世有人认为这是一首讽刺诗，暗指周幽王纵情声色、荒淫无度。我倒觉得诗歌通篇氛围愉悦，甚至隐约有赞叹的气息，没有丝毫讽谏之意。“王在在镐，有那其居”，这末句已经超越了对王宫宴饮之乐的单一描摹，转而歌颂民众在此处安居乐业的生活。鱼水之情，在今日的中国是官民、军民关系的指称，这似乎是一个固化了的比喻，它的源头似乎可以追溯到《诗经》中的鱼藻相依中去。所以，这会是一首讽喻诗首？

历朝历代，如果一个帝王不标榜清廉、克己，就会被世人指摘、被历

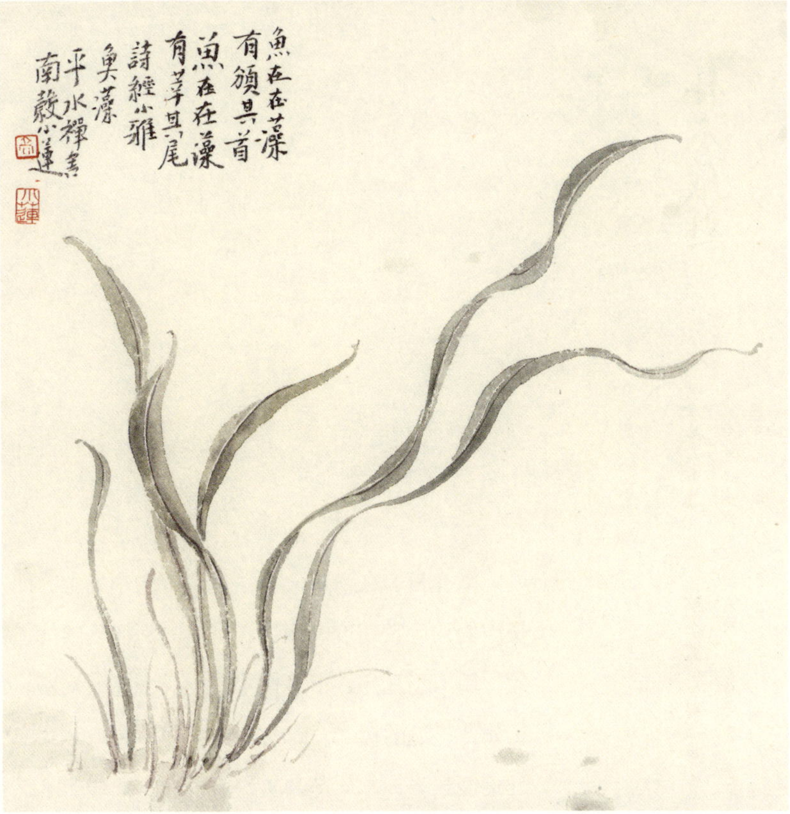

史记述。春秋以后，酒被作为富足生活后享乐的象征物之一。如果一个帝王沉迷于酒色，那就是王将不王的征兆；如果一个国家沉浸于声色享乐，那就是末世的靡靡之音。古人的教诲是居安思危，切不可以在鱼藻和谐时放任自流。但盛世是需要歌颂的，这是上层建筑将王冠擦得更锃亮的需要，也是将疆域中的生态维系得更紧密的必然诉求。鱼只有在水中才可以游弋自如，水藻如果在干涸的曝晒中很快就会萎落。

在民间，水藻主要用来食用。无论是《召南·采苹》还是《鲁颂·泮水》中，人们到水边摘取水藻，作为口粮，食用它们的嫩叶和根茎。靠山吃山，靠水吃水，大自然总是慷慨的，它在朝代昌盛时默然不语，让鱼藻自得其乐；在时运衰落时，它又让饥民有一个果腹的去处。

水藻在这个大部分面积被水覆盖的星球上可谓是物种的大家族，它只有在水中才能焕发生命的力量。今天，人类已经可以通过科技提取深海藻类的养分。比起人类在陆地上的迁徙、流亡、繁衍，说不清哪一种生命更为强韧。

柞木葳蕤

树木各有归途，就好比那个欢欣雀跃的男子，于万千人中寻觅到自己的佳偶，不需要松柏那样的栋梁之材，只要茂密耐寒的柞木。

前几日，在海南一个草木葳蕤的小岛上，朋友们讨论起热带的植物生长周期和生长速度。湿润、炎热的海洋气候使植物们获得充分的水分和日照，用不了几年，很多树木就能长得高大繁盛。不过，北方的友人说，生长如此迅速的树木，木材一般而言不会太坚实，倒是高寒地区的树木，生长缓慢艰难，木质却结实，可以作为上好的木材。

如他所说的这般耐寒、耐瘠薄而又生长缓慢、木质坚硬的树木，《诗经》中多有描述，而且很多被视为“佳木”。有一种出现频率颇高（《诗经》中共出现了七次）的植物就是其中的“翘楚”：它叫作“柞”或者“柞棫”。“陟彼高冈，析其柞薪。析其柞薪，其叶湑兮”（《小雅·车舝》），登上高高的山冈，砍来柞木当柴火。柞枝砍来当柴火，柞叶郁郁又繁茂。这是一首燕乐新婚之诗，以男子的口吻描述了他在迎娶新嫁娘途中的喜悦和渴慕之情。“鲜我觏尔，我心写兮”，语词热烈，情绪饱满，对新婚生活的憧憬和期盼溢于言表。驱车上高山，想到砍伐柞木来做柴火，未尝不是一种“宜室宜家”的想法，充满了人间烟火的气息。另一方面，柞木枝繁叶茂，也隐含着对子嗣繁衍的美好期许。

在中国，柞木主要分布于东北、华北、西北一带海拔 800 米以下的丘陵或山地。这是一种能够耐寒达零下五十度的树木，它木质坚实，是上好的柴薪，也被用来打制农具。此外，柞木的纹理也很好看，古人还用它来做木梳。想一想，一把精心打磨过的柞木梳子，是不是也是一份上好的定情信物呢？现代诗人路也曾有一首叫作《木梳》的诗歌，里面写道“我

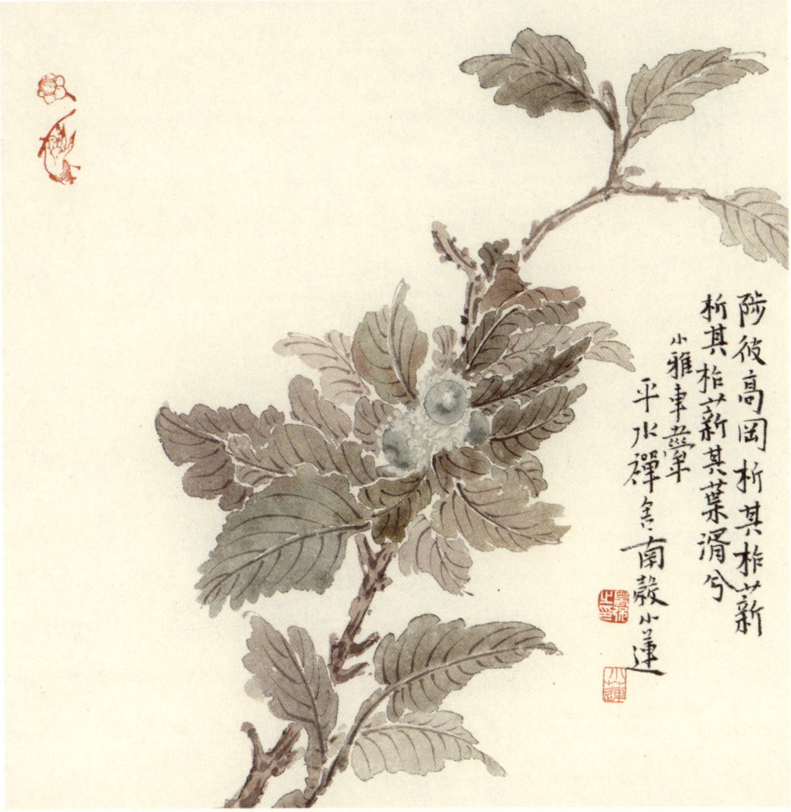

带上一把木梳去看你 / 在年少轻狂的南风里。”这首诗歌意象古典，像在倾诉来自遥远《诗经》时代的情愫。虽然诗中写的是桃花心木梳子，但我觉得如果是一把柞木梳子也很妥帖。那来自寒冷地域的木材，像一个人百转千回的相思，缠缠绕绕，才长出了那么密实而动人的肌理。每天用它梳头，怕是也满怀柔情吧，今人依然怀揣着这么古典的情怀和思绪，只不过已经不太会用柞木来制木梳了。

《诗经》中多次写到柞木：“维柞之枝，其叶蓬蓬”（《小雅·采菽》）、“瑟彼柞棫，民所燎矣”（《大雅·旱麓》）……可以看出在《诗经》时代，柞木生长普遍，它作为重要的柴薪资源进入人们的生活。《大雅·皇矣》中“帝省其山，柞棫斯拔”，则说为了使林中的松柏繁茂，拔除了柞木等一些灌木和乔木；在树木家族的“阶层”中，柞木依然列于松柏之下。然而，树木各有归途，就好比那个欢欣雀跃的男子，于万千人中寻觅到自己的佳偶，不需要松柏那样的栋梁之材，只要茂密耐寒的柞木。

柘树的寺

去年深秋的一个傍晚，我一个人在雾气笼罩的潭柘寺后山，听见晚钟像涟漪一样从寺墙内荡漾开来，触碰到山中的树木，溅起一圈一圈小的涟漪，重合、相汇，又相让。

书写秋日况味的文字，我以为郁达夫《故都的秋》最有情味。不仅是因为这篇文章曾入选高中语文课本，是无数中国学生印象深刻的篇章，更是因为郁达夫深得北方秋日的精髓，“陶然亭的芦花，钓鱼台的柳影，西山的虫唱，玉泉的月夜，潭柘寺的钟声”，每一处景致都是一幅写意的中国画，浓淡相宜，令人回味。

北方的秋意，我领略得不深。但潭柘寺的钟声确实让人流连。去年的深秋的一个傍晚，我一个人在雾气笼罩的潭柘寺后山，听见晚钟像涟漪一样从寺墙内荡漾开来，触碰到山中的树木，溅起一圈一圈小的涟漪，重合、相汇，又相让。这漫山的树是听着寺院的钟声生长的，寺院也因北方难见的柘树而得名。始建于西晋愍帝建兴四年（316 年）的潭柘寺，被许多崇佛的朝代青睐，皇家曾赐过其他名字，但“潭柘寺”是它流传最广、最久的名字。“柘树千嶂”，让这里萦绕着近两千年的幽谧，也被近两千年的历史兴衰施洗。然而，这又叫作黄桑或奴柘的雌雄异株小乔木，不言不语，在雾气氤氲、钟声悠悠中，随天色起伏、黯淡。

无独有偶，柘树在两千年前的《诗经》中已有记载：“启之辟之，其柽其椐。攘之剔之，其檿其柘。”（《诗经·大雅·皇矣》）这首诗很长，被认为是周部族的开国史诗，里面详尽描绘了周王的功业，他们的战绩和治国之功。“攘之剔之，其檿其柘”，主要是描述周太王在周原开荒辟壤与整顿治理的情景。清除其他杂草莠树，种植“柽”（西河柳）和“椐”（灵寿木）；“檿”指的是山桑，“柘”就是指柘树（黄桑），这几种被

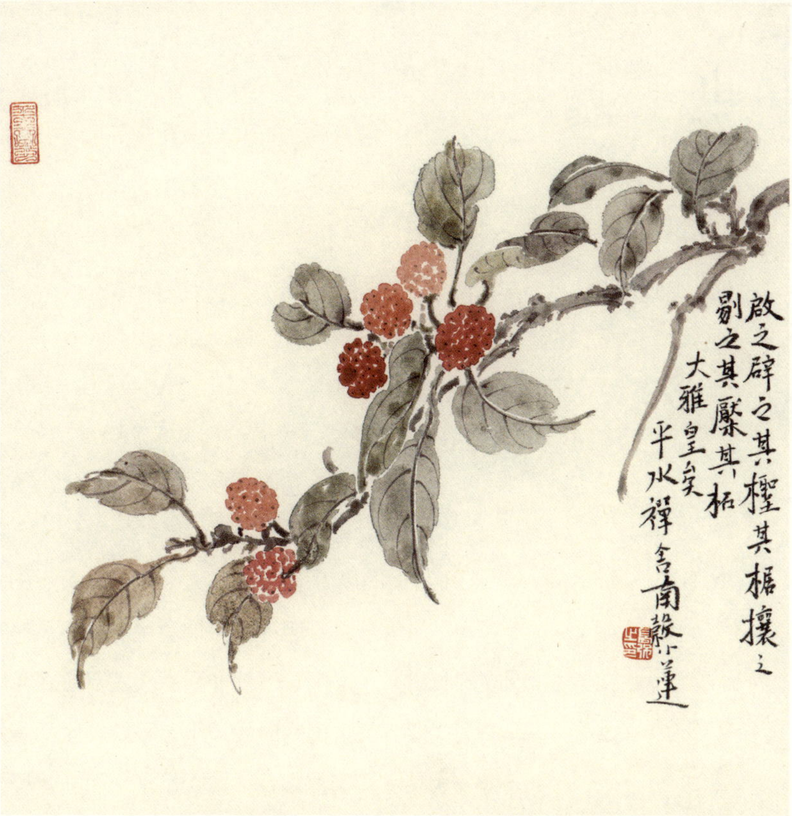

提及的植物应该是作为良木种植经营的。柘树的木质坚硬细致，据说是做弓的最佳木材，古人所谓的“乌号之弓”据说就是柘木所制之弓。更让人惊奇的是，柘树的叶子可以养蚕，《尔雅》中所说的“棘茧”就是柘蚕所吐的丝，此丝制琴瑟之弦据说“清响远胜凡丝”。想必是这样的，柘树耐寒、柔韧，它的木叶质地也应该是清瘦、硬朗的，由它所得的丝，该是怎样一种不同凡响的质地呢？可惜无缘一闻。在柘树林间听见潭柘寺钟声的时候，我想起了柘蚕丝，它能弹拨出的琴瑟之声，也许像这钟声，泠泠泛光，映照前尘旧事，又如烟云尽散。

《皇矣》中的这一段看似是在书写周太王的开辟之治，但更包含着铲除异己、建功立业的雄心和抱负。帝王之业和江湖之远，从来就是一种相互映衬。潭柘寺的钟声响过千年，我顺着余音在寺前的塔林中小驻。这里有一座墓塔深深吸引了我，那是元世祖忽必烈的女儿妙严公主的塔碑。为了替父亲赎罪，她曾在这里出家，日日礼忏，于此终老，与柘树相伴。

山有榛

就如中国古人把榛木视为良木一样，在凯尔特神话中，榛子是智慧和知识的化身，欧洲法官的权杖很多都是用榛木制成的。在西方神话中，榛树下的池塘里的鲑鱼因为吃落下的榛果而获得神力。不知道经常吃榛果的我们是否获得了一点点非凡的智慧。

在这个网购繁荣的时代，无数“马云背后的女人”早就修炼成了“千手观音”。为什么？因为不停地剁手啊，不用等春风吹又生，过几天新手就立刻长出来了。网购不仅便利，买卖双方还可以持续互动，比如，买家秀、买家留言等。网购时代，小老百姓的生活是摇曳多姿、笑点不断的。记得一次某宝买家留言：“太无良了，买一斤坚果，为了增加重量店家还放了一块铁。差评！”店家欲哭无泪：“那是给您开坚果的工具啊！”看得人乐不可支，想必这个买家跟我一样吧，觉得坚果基本靠牙咬，跟小松鼠吃榛子似的。

说到坚果，榛子不愧是“坚果之王”，绵香可口，野生榛子最佳。好吃，可不是现代人的天赋，明朝万历年间，中国东北铁岭开原的榛子就被列为贡品，我们的老祖宗嘴刁着呢，他们老早就知道哪儿的山货最好吃。但这已经是后话了，在陕西半坡村遗址（新石器时代）中就出土过大量的榛子壳，总不能认为这些壳是松鼠、鸟兽留下的吧。“山有榛，隰有苓”（《诗经·邶风·简兮》），山坡上生长着茂密的榛子林，低洼的湿地苦苓遍布。“鸤鸠在桑，其子在榛”（《诗经·曹风·鸤鸠》），布谷鸟在桑林中筑巢，幼鸟栖息翻飞在榛树林中。如此种种，榛树在《诗经》中共出现了五处，桑、榛、桐、梓这些树木并提，可以看出榛树在两千多年前就是北方重要的树木了，果实被人广泛采集。

有意思的是，无论在《简兮》“云谁之思？西方美人”中，还是在《鸤鸠》“淑人君子，其仪一兮”里，榛木反复出现在吟咏君子美人的诗篇中，

为了映衬君子美人的威仪和气度。榛木也因此获得一种良木佳果的古典形象。在《庄子》的记述中，榛子又名“芧”，常作为古代行军的口粮。榛子中含有大量的脂肪、蛋白质和油脂，想来是可以作为充饥的食物的。

在现代大多数人的食谱里，榛子应该是作为辅食或零食解馋。小时候在高寒的山林中捡到过树下滚落的野生榛子，生生用牙咬开，那种没有经过蒸煎的味道，像它坚硬的外壳，一直滚来滚去，停在记忆的舌尖上。欧洲人则不一样，他们的榛子大面积人工种植，吃法也花样繁多，各种糕点、冰淇淋、巧克力等甜食中榛子都是不可或缺的搭配。无独有偶，就如中国古人把榛木视为良木一样，在凯尔特神话中，榛子是智慧和知识的化身；欧洲法官的权杖很多都是用榛木制成的。在西方神话中，榛树下的池塘里的鲑鱼因为吃落下的榛果而获得神力。不知道经常吃榛果的我们是否获得了一点点非凡的智慧。我猜没有，不然就不会质问店家干吗要放一块铁增加重量了。

图书在版编目（CIP）数据

颜如舜华：《诗经》植物记 / 冯娜著. -- 南昌：江西美术出版社, 2019.10
（诗词里的草木风华）
ISBN 978-7-5480-7334-5

Ⅰ. ①颜… Ⅱ. ①冯… Ⅲ. ①《诗经》-诗歌研究②植物-介绍-中国 Ⅳ. ①I207.222②Q94

中国版本图书馆CIP数据核字(2019)第197545号

出 品 人　周建森
责任编辑　李伍强　廖　鹏
责任印制　谭　勋
书籍设计　梅家强　朱　燕　胡文欣　先锋設計

颜如舜华
《诗经》植物记
冯娜 著　南毂小莲 绘

出　版：江西美术出版社
社　址：南昌市子安路66号
邮　编：330025
电　话：0791-86565770
网　址：www.jxfinearts.com
经　销：全国新华书店
印　刷：浙江海虹彩色印务有限公司
版　次：2019年10月第1版第1次印刷
开　本：710毫米×1000毫米　1/16
印　张：10
ISBN 978-7-5480-7334-5
定　价：76.00元